小猫踩住世界的线头

文野 —— 编著

人类真的应该向猫看齐。——三岛由纪夫

人类总是会为这样那样的身外事烦恼，把自己的脑子搅得乱作一团，而后低声咒骂**人间不值得**。

小猫浑身发着光从天而降，用毛茸茸的爪子抵住人类额头，像开启智慧一样"喵"了几声。

"笨蛋两脚兽啊——"

"向本喵学习如何度过一生吧——"

"首先是让自己快乐！其次……"

"没有其次！"

目录

法则一
世界破破烂烂，小猫缝缝补补 001

法则二
该哭哭，该笑笑，别让疯狗乱了调 051

法则三
心安理得地被爱，多晒太阳多睡觉 107

法则四
大胆表达，世界是个大大的游乐场 157

法则五
享受奇奇怪怪，捕捉可可爱爱 209

法则一

世界破破烂烂，小猫缝缝补补

雨滴噼里啪啦落下来，小猫坐在屋檐下，眨眼看着滂沱大雨，又好奇地瞧了瞧面带愁容到处乱窜的两脚兽。它懒洋洋地趴下来舔舔爪子，卷起蓬松的大尾巴，然后在大自然的白噪音中美美地睡了一觉，等待太阳把它叫醒。

小猫讨厌这种潮湿，也不知道那个烫烫的火球什么时候上班，但它明白一件事——太阳总有一天会出来的。

而在那之前，
它唯一的任务就是 **放松心情**。

除了我，

几乎所有注释者都忘记说：

猫原来就是美的凝聚体。

——三岛由纪夫

如果世界讨厌你，

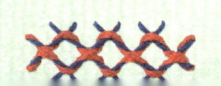

还有你的猫在二楼爱你。
——帕克

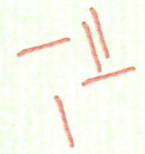

猫一直都知道人们是喜欢它们
还是厌恶它们的。

它们并不在意，
仍然我行我素。
——威尼弗雷德·卡里尔

在这阳光照射的世界里，

我只需要花园里的一张椅子和一只躺着晒太阳的猫。

——索德格朗

猫除了做猫不想成为任何别的。

每只猫都是一只**纯粹的猫**，
从胡须直到尾巴尖儿。

——巴勃罗·聂鲁达

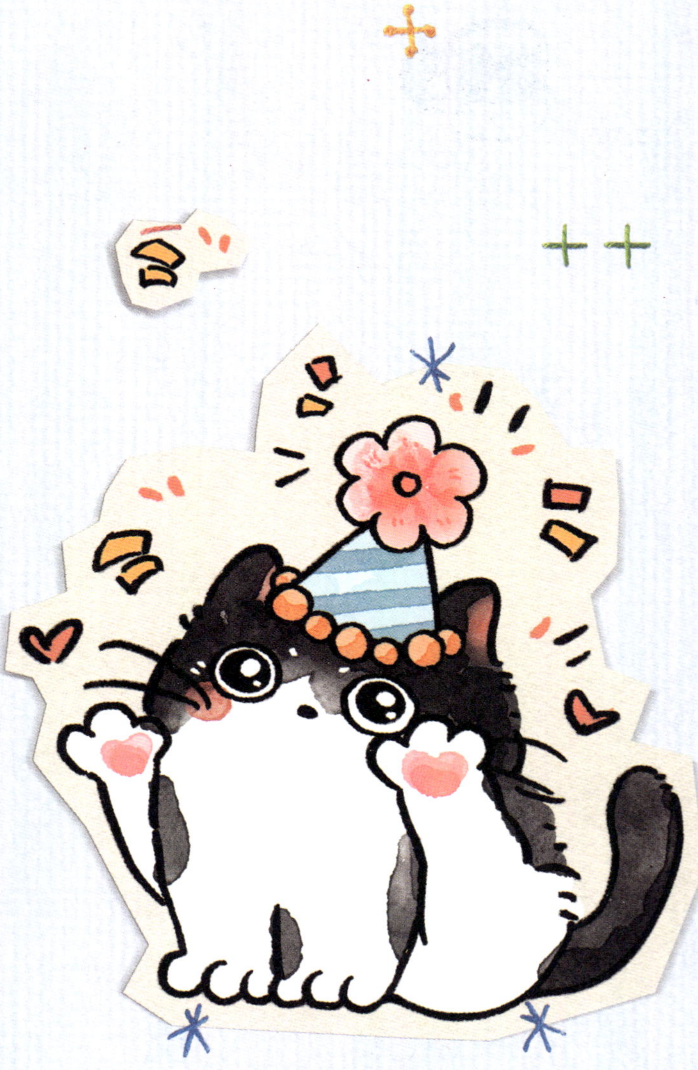

在一个不断试图让你变成别人的世界里，

坚持做自己是最大的成就。

——拉尔夫·沃尔多·爱默生

有人要你乖乖懂事,有人要你成熟体面,外面的声音乱七八糟,吵吵嚷嚷。小猫听着这些声音软萌地叫了一声,又亮了亮尖尖的牙齿。

它才不管别人怎么说。

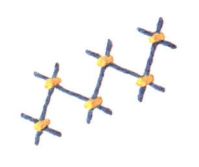

自己究竟是蓬松柔软的可爱鬼,还是凶巴巴的小老虎,自己清楚得很,小猫说了才算。

一朵玫瑰正马不停蹄地成为另一朵玫瑰,

你是云,

是海,

是忘却,

你也是你曾失去的每一个自己。

——博尔赫斯

人总是不能踏入同一条河流，就像这一秒
洒在你身上的阳光，与下一秒永远不是同一束。

时光在我们身上呼哧呼哧地跑，有时
我们会站在某朵小乌云下怅然若失。

可是宝贝，正是因为那些流逝的过去，我们
才变成今天的自己。

看，
在这场大雨后，
我们又长出了一片新叶子哎！

你要搞清楚自己人生的剧本，
不是你父母的续集，不是你子女的前传，
更不是你朋友的外篇。
——尼采

小猫不会在意自己从哪里来又要到哪里去的，
不会在意昨天自己犯了什么错误，
不会在意自己是不是"孤家寡人"。

小猫最在意自己
——毛有没有舔得干干净净，
小窝是不是暖烘烘，
今天有没有度过彩虹色的一天。

过自己想要的生活,**不是自私**,
要求别人按自己的意愿生活才是。

——奥斯卡·王尔德

"铲屎官,你今天看起来不太开心。"

"是的,宝宝。"

"这样……那,准许你喂我几条小鱼干好了。"

"谢谢宝宝关心,可是……这两件事有什么关系?"

"哦,没什么关系。只是我想吃小鱼干了。"

呐,连小猫咪都懂得这件事
——别管别人怎么样,自先舒服喽~

爱自己是一场终生浪漫的开始。
　　——奥斯卡·王尔德

我们究竟出于什么原因爱自己呢？或许是因为我们有两只眼睛、一个鼻子、一个嘴巴；或许是因为我们又吃了一顿饱饱的饭；或许是因为今天下大雨，我们超幸运地带了伞，没有被淋湿；或许是因为今天下大雨，我们忘记了带伞，于是拥有了一场儿时才有的雨中狂奔。

所以，我们到底因为什么理由爱自己？
——没有理由。

我爱我自己，没有理由。

时间是一团吞噬我的烈火,

但我就是烈火。

——博尔赫斯

在时间地狱的深渊洞口，许多人瑟瑟发抖，生怕被捕捉入内。小猫勇士披着粉色斗篷，凶狠地朝里面的怪兽吼了一声，而后过来蹭蹭你的脚踝，示意你离开这里，去享受年岁流逝中亮晶晶的阳光，与开满小雏菊的春天。

"宝宝，你不怕被时间吞噬灵魂吗？"
你担心地问。
小猫勇士骄傲地扯了扯披风。
"我可是噬魂兽哦。"

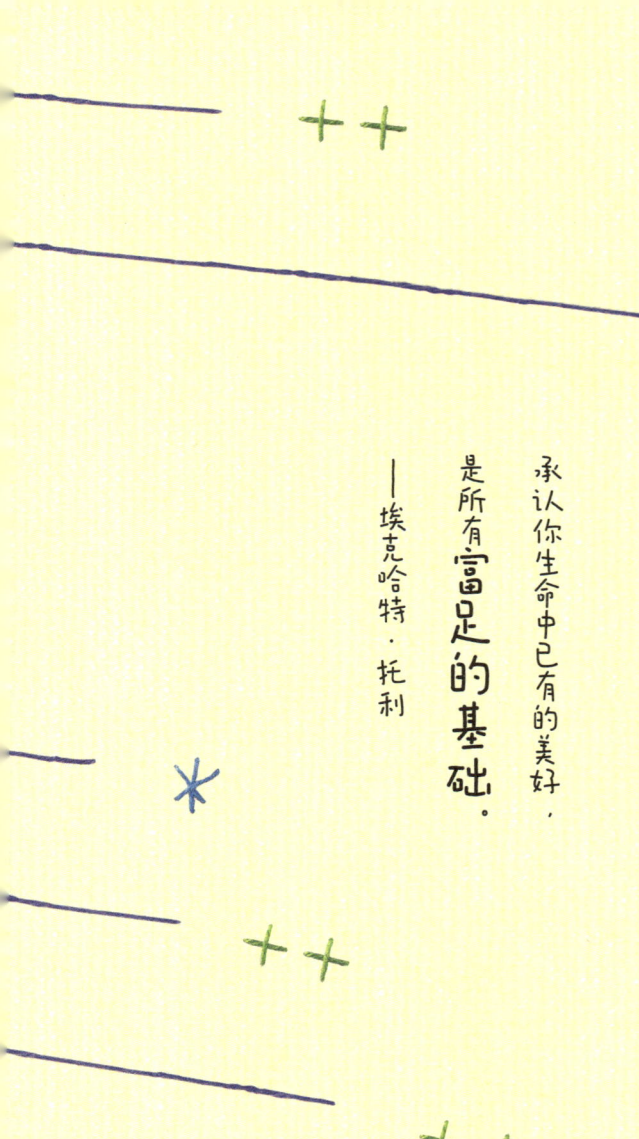

承认你生命中已有的美好，是所有富足的基础。

——埃克哈特·托利

宝宝，如果你觉得自己一无所有，就请看看生活里那些闪光的小小地方吧！

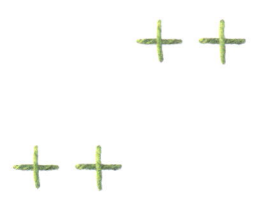

++

++

晚上躲在云后，眨着眼睛偷偷看你的星星；早上餐桌上，一口咬下去泛着油花的香喷喷的肉包子；人行路旁，努力扭着身子开放的紫色小花；经过咖啡店，扑鼻而来的焦糖拿铁的醇厚香气……

只要你点点头，这些便都是**你的私有幸福**。

我们的正常之处，

就在于自己懂得自己的不正常。

——村上春树

总有人讨厌小猫，说看着它的眼睛也不知道它在想些什么。

其实小猫自己也不知道自己在想什么：扑向墙上亮闪闪的光斑，害怕身后突然出现的香蕉，愣愣地待在原地而后蹦起来，或是只想喝你杯里的水……它也不懂这些念头是怎么蹦蹦跳跳地进入它的小脑袋的。但它喜欢这些古怪的念头，像骤然绽放的烟花，像纸爆竹迸开的彩带，漂亮极了。

怪一点又怎么了？奇奇怪怪，可可爱爱。

要在世俗的雨里，

决定成为自己。

——廖伟棠

人间什么事都有，龌龊的、肮脏的、泥泞的、污浊的……

我们没办法阻止这些事的发生，就像我们不能制止太阳落下。可是亲爱的你呀，太阳落下才会有那个玉盘一般的明月出现，才会有那颗橙子似的朝阳再次升起。

允许这些事的发生，然后抖落一身尘埃，在日出里大踏步向前奔去吧！

你永远是

这个乱糟糟的世界里

最闪耀的自己。

做自己,
因为别人都有人做了。
——奥斯卡·王尔德

小猫难道不知道自己不像小狗一样热情洋溢，不像兔子一样温顺懂事，不像熊一样强壮憨厚，不像狮子一样威严勇猛？

　　小猫都知道。可是小猫不需要那些。它喜欢自己的独立优雅、慵懒神秘。

　　它不屑于讨好任何事物，**除了自己**。
　　它也不屑于做任何人，**除了自己**。

万物皆流，无物常驻。
——赫拉克利特

在这个变幻的世间，我们唯一能预测的，就是事物的不可预测性。花花草草不知道明天会不会有大暴雨，小熊软糖不知道自己会不会被哪个烘焙笨蛋送进烤箱，小猫也不知道铲屎官会不会给它带小鱼干。既然如此，我们还担心个什么劲呢？不如伸个懒腰让自己舒展在阳光下，再用彩笔在日历上写下：

今日晴，宜放松。

在我这贫瘠的土地上,

你是最后的玫瑰。

——巴勃罗·聂鲁达

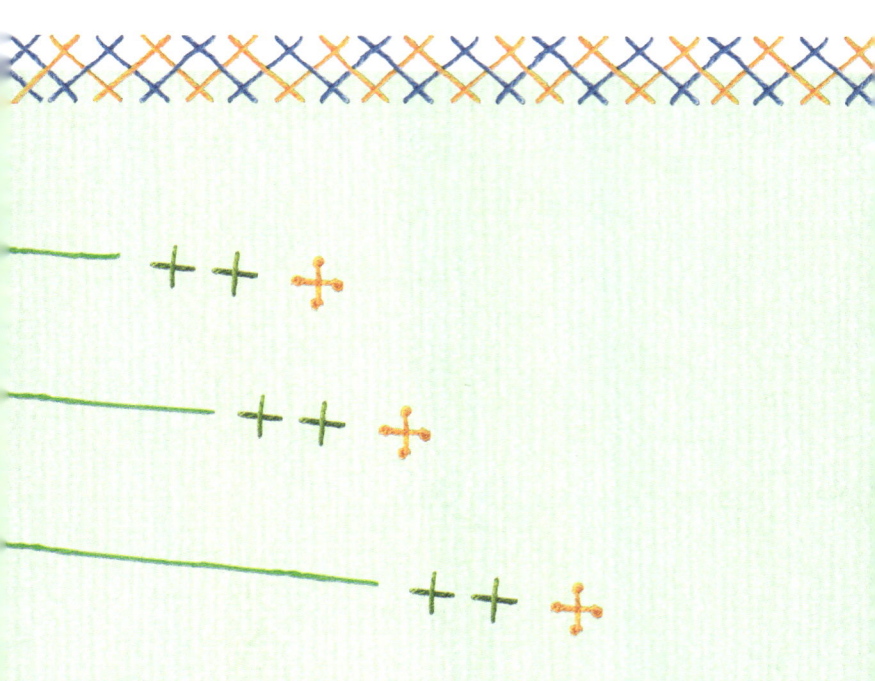

小猫思考过许久自己为什么活着。是因为总停在地板上的那块暖烘烘的阳光吗？是因为当年自己在街头叱咤风云时，偶尔经过的两脚兽的投喂吗？是因为在花坛一角，舒舒服服地躺着就能看到天上柔软的云朵与星空吗？小猫盯着自己的爪子，舔了舔，而后伸开脚指头，炸开一朵毛茸茸的花。

　　这个世界是不怎么样，可我有无敌可爱的爪子——四朵独属于我的毛绒玫瑰。

删除我一生中的任何一个瞬间，

我都不能成为今天的自己。
——芥川龙之介

我们总是会遇到至暗时刻，经历荒谬的事儿、感受心碎般的痛苦、出现各种小小的失误，数都数不完。生活不是动画片里的蜜糖黄油，每时每刻都是甜的，发生这些事儿真的再正常不过啦。既然坏情绪把我们推倒，那我们就在原地美美地睡上一觉。

　　将来的你回望这一刻时一定要夸夸自己：

哇喔，我可真厉害，都跑了这么远喽！

真正的觉醒
在于认识到，
没有人能为你提供自由，
除了你自己。
——克里希那穆提

旺财问阿咪："你知不知道，其实我们是宠物？"

阿咪眨眨亮晶晶的眼睛："什么是宠物？"

旺财晃晃尾巴："就是被人类养着，吃他们提供的食物，睡他们给我们铺的窝。"

阿咪不以为然地翘了翘胡子："我可以自己出去抓老鼠吃啊，也从不睡他们弄的窝，都是睡床、纸箱和花瓶的。"

"所以我才不是宠物。"

⭐ 那些不能杀死我们的，

⭐ 终将使我们更强大。

　　——尼采

不被火吞灭的最好的办法是生活在火中。接受那些生命中躲不过的岩浆与火雨，战胜它们，将自己的筋骨塑造成更强大的2.0版本。

我亲爱的朋友，祝你未来有战无不胜的铠甲，也祝你有一切柔软与可爱。毕竟，谁说钢铁侠不喜欢吃草莓蛋糕？

爱自己必须从

"绝不因为任何事而批评自己" 开始。

——路易斯·海

我有时会为意外打翻的牛奶而哭泣，有时会为不小心搞砸事情而难过。

小猫调皮地用爪子把水扬到玻璃窗上，仿佛在说：瞧，我哪有闯祸，我弄了个彩虹分离器哦！毛线球被小猫弄得巨乱无比，可小猫却骄傲地扬起小脑袋：看，多亏了我，它才能这么好玩～在小猫咪的世界里，它永远都没有错。

所以，生活本来就不容易！**我永远都没错！**

你的任务，就是珍惜你自己的人生。

——东野圭吾

烦恼不该出现在满是糖炒栗子香气的秋天，
焦虑不该现身于有着冰凉橘子汽水的夏天。
愁苦会被马卡龙般粉绿色的春天治愈，
郁闷也会被压在有着白软软的厚雪的冬天。
在万物如流水的人世间，这些触手可及的美好永恒不变。
亲爱的宝贝，宇宙与四季，都在爱你。

使人疲惫的不是远方的高山，
而是鞋子里的一粒沙子。
——伏尔泰

我歌唱，因为我快乐。
——玛雅·安杰卢

我是一面镜子，一个回声。
我是墓志铭。
——博尔赫斯

一块孤独的石头坐满整个天空。
他说：在这一千年里我只热爱我自己。
——海子

人生只有一件事，
就是"活好"。
除了"活好"，
人生就没别的事情。——佚名

> 你如何看待自己,
> 比别人如何看待你重要得多。
> ——塞涅卡

尘世上那些爱我的人,用尽办法拉住我。
你不一样,你的爱比他们的伟大得多。
你让我自由。
——泰戈尔

> 少关注别人,
> 多看看自己。
> ——佚名

自己面对每件事的行为,
如果能让自己更满意,
更喜欢自己,
就表示做对了,否则就做错了。
通过这样不断地检视和修正,
更爱自己,并因此更爱别人,
都是必然的结果。
——佚名

千人千面,
我爱我自己的每一面。
——佚名

人可以拽着自己的头发,
将自己从困境中拉出来。
——维尔纳·西费尔

爱别人要适可而止,
爱自己要竭尽全力。
——佚名

你一千个对,一万个对,
可是你还是注定要毁灭。
对当前这个简单、舒适、很易满足的世界来说,
你的要求太高了,
你的欲望太多了,
这个世界把你吐了出来,
因为你与众不同。
——赫尔曼·黑塞

我要和生活再死磕几年，
要么我就毁灭，
要么我就注定铸就辉煌。
如果有一天，
你发现我在平庸面前低了头，
请向我开炮。
——杰克·凯鲁亚克

我与我周旋久，
宁作我。
——《世说新语·品藻》

你并没有被抛弃。
没有人在世界上能够"弃"你，除非你自暴自弃。
因为我们是属于自己的，并不属于他人。
——三毛

这年夏天，天气十分好，
晴空中漂亮的蓝色浸没一切。
我们青春的热情战胜苦难，战胜死亡。
就连阴影都因为我们而退却。
——安德烈·纪德

✦

我爱,我痛苦。
我拼命探索灵魂。
——弗朗西斯·雅姆

✦

对宇宙而言,
人的生命并不比一只牡蛎更重要。
——大卫·休谟

✦

你应该将一切举起,
放下。应该为一切成为风。
——里尔克

✦

每天反复做的事情造就了我们,
然后你会发现卓越不是一种行为,
而是一种习惯。
——亚里士多德

☆

当你说"不"的时候，
要像一堵墙，
而不能像一扇门。
——维特根斯坦

☆

总之岁月漫长，
然而值得等待。
——村上春树

☆

有些鸟儿是关不住的，
它的每一根羽毛都闪耀着自由的光辉。
——斯蒂芬·金

☆

在你心里，
住着一个金光灿灿的你。
那个人爱你，
想要你赢、获胜、快乐。
——马特·海格

☆

一束光，
可能会摔碎，
但仍然光芒四射。
——乔治·巴塔耶

即使没有人对你好，你也要对自己好。
一次又一次，无论发生什么，
到头来，拯救你的还得是你自己。
你的故事和你都是被期待的，
你是值得的，
你是坚强的，
你是不同凡响的。
——沙希达·阿拉比

不要再畏畏缩缩，
小看自己了。
你就是高速运转着的宇宙本身。
——鲁米

谈到举止，
她说："既要温柔又要强硬。
你要敏感些，才能生活充实；
也要够粗糙，才能不被伤害。"
——露比·考尔

☆

无论什么事物，

无论何时到来，

都让它顺其自然。

——费尔南多·佩索阿

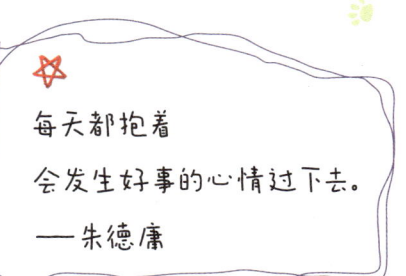

☆

每天都抱着

会发生好事的心情过下去。

——朱德庸

☆

没人能教你任何东西。

这是最高真理，我们自教自。

——博尔赫斯

☆

先让自己成为自己的主人吧。

——阿尔贝·加缪

☆ 即使放着不管，

感情这种东西也无法长久忍受暧昧状态。

感情会自命名，自整顿，径自消退而去……

——三岛由纪夫

法则二

该哭哭，该笑笑，
别让疯狗乱了调

在小猫眼里，世界乱七八糟，每天总来强制撸自己的人类，没有可爱的小尾巴，也没有和自己一样蓬松柔软的毛毛。可是小猫仍然爱着这个世界，因为它喜欢软绵绵的橙色阳光、窗外扑棱棱飞过的可爱小鸟、天上时不时掉落下的小鱼干。

它不需要争宠与偏爱，不要依恋与准则，也从不怀疑自己的正确性。

小猫迷人地叫了一声，骄傲的音调一直翘到尾巴尖。

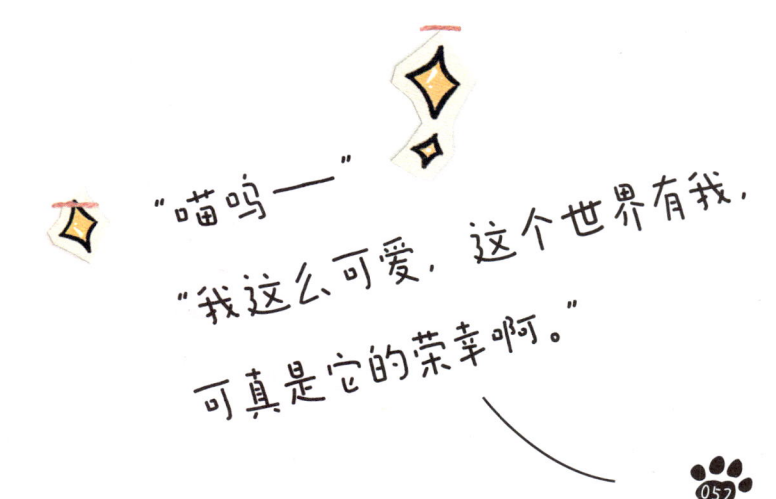

"喵呜——"

"我这么可爱，这个世界有我，可真是它的荣幸啊。"

没有一种动物比猫更自由。

——海明威

理想的安宁就在

一只坐着的猫身上。

——儒勒·列那尔

猫对自己的情绪非常诚实。

出于某些原因，人类隐藏自己的感受，

但猫咪从不如此。

——海明威

它要是高兴，

能比谁都温柔可亲……

它若是不高兴……

连半朵小梅花也不肯印在稿纸上。

——老舍

猫很清楚，

谁喜欢它们，谁不喜欢它们。

它们不放在心上，也懒得设法补救。

——威尼弗里德·卡里尔

猫不被理解是因为它们不屑自我解释；
只有对那些不知道沉默即表态的人来说，
它们才像谜一般。

——保尔·莫朗

千万不要忘记,
我们飞翔得越高,
我们在那些不能飞翔的人眼中的形象越是渺小。
——尼采

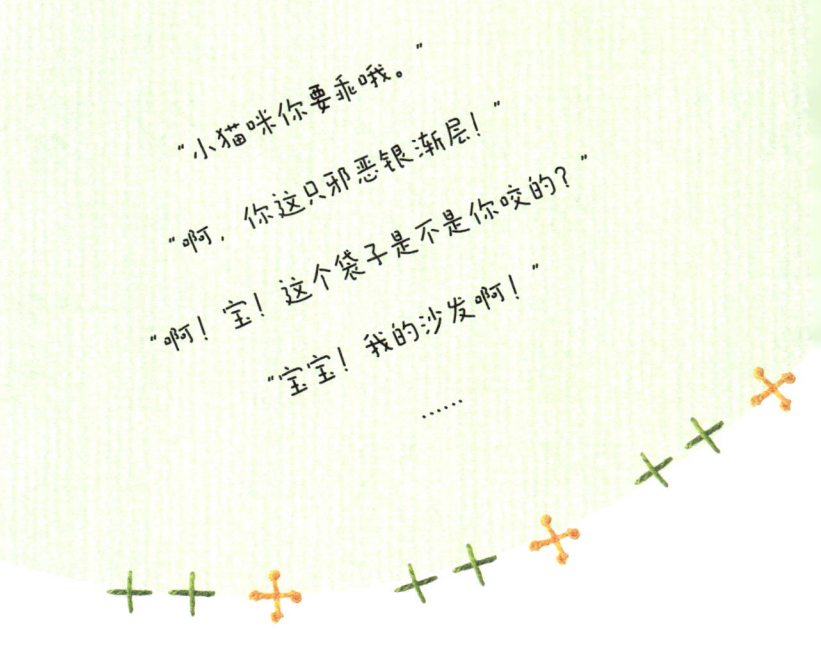

"小猫咪你要乖哦。"
"啊,你这只邪恶银渐层!"
"啊!宝!这个袋子是不是你咬的?"
"宝宝!我的沙发啊!"
……

小猫听着外面吵吵嚷嚷的声音,
用爪爪捂住了小耳朵,埋起脑袋开始睡大觉。
谁说小猫一定要迎合大众的"乖巧可爱人设"?

我就是我,
浪漫又迷人的大反派。

你不一定非得长成玫瑰,

你乐意的话,

做茉莉,

做雏菊,

做无名小花,

做千千万万。

——佚名

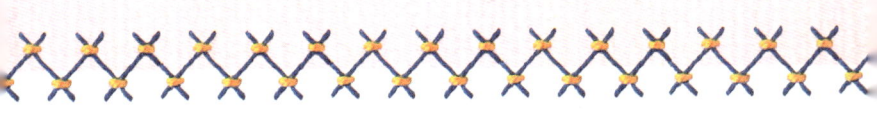

谁都喜欢娇艳的玫瑰，谁都喜欢入云的金字塔尖，可玫瑰的刺让小兔子没办法给它一个大大的拥抱，金字塔尖也听不到海岸边动人的海浪声。宝贝，干吗要如此苛刻地要求自己呢？停下吧，来看看周围吧，一处有一处的风景，你也有独属于你的美丽。

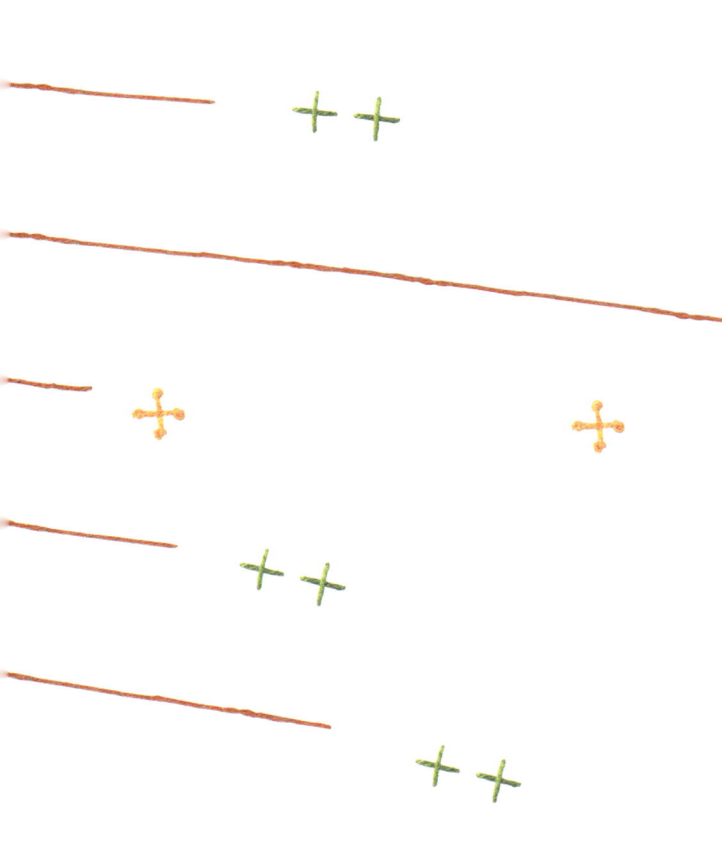

没有人靠与别人相同而改变世界。
——P.T.巴纳姆

小猫爱极了猫薄荷,可它想,如果有一天,整个世界都是猫薄荷,哦,那可太糟糕了。"所以,世界的配方里,如果可以的话,要加点两脚兽,加一些春天的柳絮,再加两倍的阳光和纸盒,还有超级多的我不知道的奇怪东西!"

小猫对着配方满意地点点头。

它才不怕未知,
它要让世界更多彩。

别想着跳出框框，

而是想象根本没有框框。

——佚名

我们想着要与众不同，要标新立异，要做五彩斑斓的黑，要做烟花里最不同的那一簇。可在这种奋力中，常常忘记聆听自己的声音，想想自己最想要做什么。

一杯水只有在平地才会流向四面八方，亲爱的，把心放轻松些，当你在做你自己时，才有无限可能。

我认为迎合的代价就是，
所有人都喜欢你，
除了你自己。
——丽塔·梅·布朗

小猫踩住
世界的线头

可以给猫猫填色哦~

一首《蘑菇猫》,

献给在地铁上

偷偷幻想变成蘑菇的

"996" 打工猫们。

可以给猫猫填色哦~

看四十四次日落会抑郁,
但rua四十四下猫肚皮
能**重启宇宙**。

猫化指数鉴定问卷

(请记录A/B选项数量,结尾揭晓答案)

🐱 周末早晨被阳光晒醒时,你会
A. 立刻查看手机未读消息
B. 把被子团成猫窝形状继续打呼噜

🐱 面对没吃完的早餐,你选择
A. 计算卡路里后忍痛扔掉
B. 学猫把早餐叼去角落慢慢吃

🐱 工作文件被咖啡泼脏,你第一反应是
A. 焦虑怎么补救工作文件
B. 用爪印(指纹)画个抽象派封面

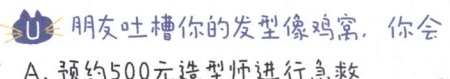

🐱 朋友吐槽你的发型像鸡窝,你会
A. 预约500元造型师进行急救
B. 撩起秀发,并且决定头顶养小鸡

🐱 发现体重秤数字上涨后,你决定
A. 怒跑8公里并删除外卖软件
B. 把秤推进床底,打开薯片听"咔滋"声

🐱 电梯里遇见邻居寒暄时,你通常
A. 尬聊天气和房价
B. 模仿猫盯飞虫神态专注看电梯广告

🐱 网购的裙子尺寸偏小，你选择
A. 退货并自我谴责"又乱花钱"
B. 套在猫身上开时装发布会

🐱 被领导临时塞额外任务时，你会
A. 熬夜做完获得"靠谱"标签
B. 把键盘踩出乱码回复"已阅"

🐱 阴雨天关节隐隐作痛，你应对方案是
A. 吞保健品并搜索"初老症状"
B. 在地暖上瘫成猫饼，宣称自己在"人肉烘干"

🐱 看到"30岁必须完成的事"之类的鸡汤文，你会
A. 对照清单陷入焦虑
B. 把网页揉成纸团当逗猫棒玩

答案解读

A≥5
你的灵魂已穿上定制西装，活成一张自律紧绷的Excel表格。建议领取"猫薄荷急救包"，学习用尾巴勾倒焦虑水杯。

B>5
恭喜成为"两脚兽形态猫科生物"！你的快乐雷达能精准定位薯片袋声响，烦恼像猫毛一样随手一掸就飘散。

"人类啊，
A选项是你们给自套的枷锁，
B选项是猫递给你的钥匙"

毕竟没有猫会为没捉到的激光笔抑郁，它们只会把光斑种进梦里。

小狗的过度热情让小猫觉得疲惫，金丝熊的胆小软弱让小猫觉得看不起，小鸟扑棱棱的自由翅膀只让小猫想打喷嚏。它不想集万千优点于一身，更不屑于拥有任何超能力——"拜托，那我就不是小猫了哎！"

小猫只想当小猫，因为小猫最喜欢自己。

那些
听不见音乐的人，
认为那些跳舞的人疯了。
——尼采

世界像个大音像店，主流喇叭里赞美着的都是世界500强的工作、堪比超模的身材和豪门的家世背景……

可是在一个个的小角落里，也有唱片机放着我们普通人的成就：我用扭扭棒做了一只超可爱的小狗；我只用两天就打败了流感；我今天消耗了七百卡路里！

嘿！老板，把我的音量调大些！

我可真棒！

从小我就懂得保护自己,

我知道要想不被人拒绝,

最好的办法就是先拒绝别人。

——《东邪西毒》

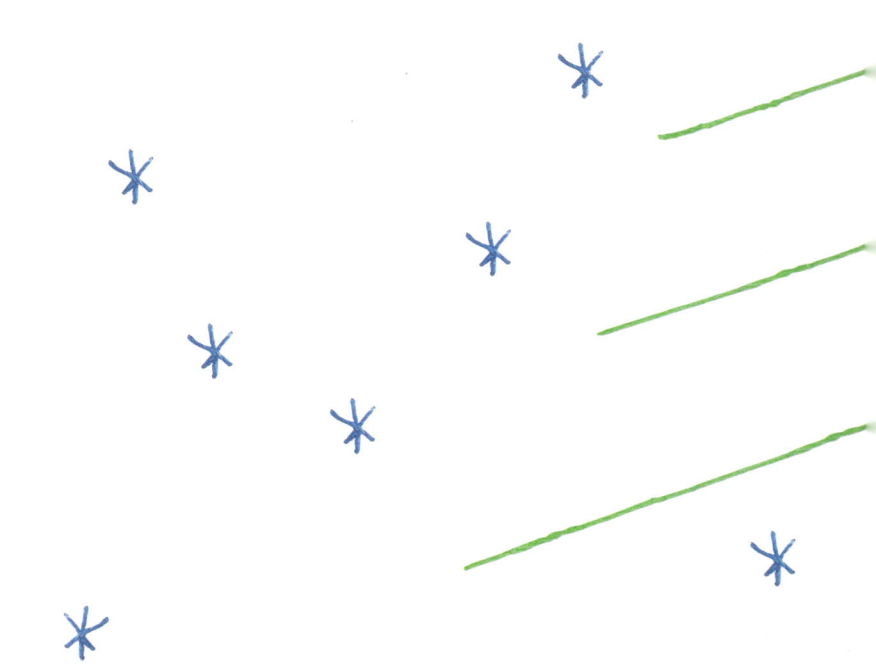

在街角流浪的小猫总是不轻易跟人回家，因为它不能接受自己被爱后又被抛弃。

"喂，人类，你能保证一辈子对我好，永远不抛弃我吗？"

小猫见人类想了片刻，抬起毛茸茸的爪子扭屁股就跑了，重新趴到了房檐顶上晒太阳。

"猫猫！我养你呀！"人类挥手大喊。

小猫摇了摇小脑袋："算了，人类，我暂时不想跟你走。"

你应该这样去爱：
没有恐惧，
没有障碍，
不用去想明天。
然后，
之后没有遗憾。
——巴恩斯

宝贝，去吃那家你最想吃的餐厅吧，去见你想见的人吧，去做你最想做的事吧。人生是场很长很长的旅途，在这样长的时间里，多长一两斤算什么？和TA没有下文能怎样？在梦想努力的过程中，摔一跤又怕什么？我们不怕没结果，我们怕有遗憾。

如果你不为某些事情挺身而出，
你会随波逐流。
——马尔科姆·X

磨平我们棱角的平凡日子里，总有些瞬间会激起我们心中的热血与灵光。如果就让它们随风散去了，那我们终有一天会变成裹在琥珀里的小虫子，混在世界这片大大的石滩里。可如果我们乘着这道光绽放，变成一点星光，就能和宇宙一起永恒。

走自己的路,让别人去说吧!

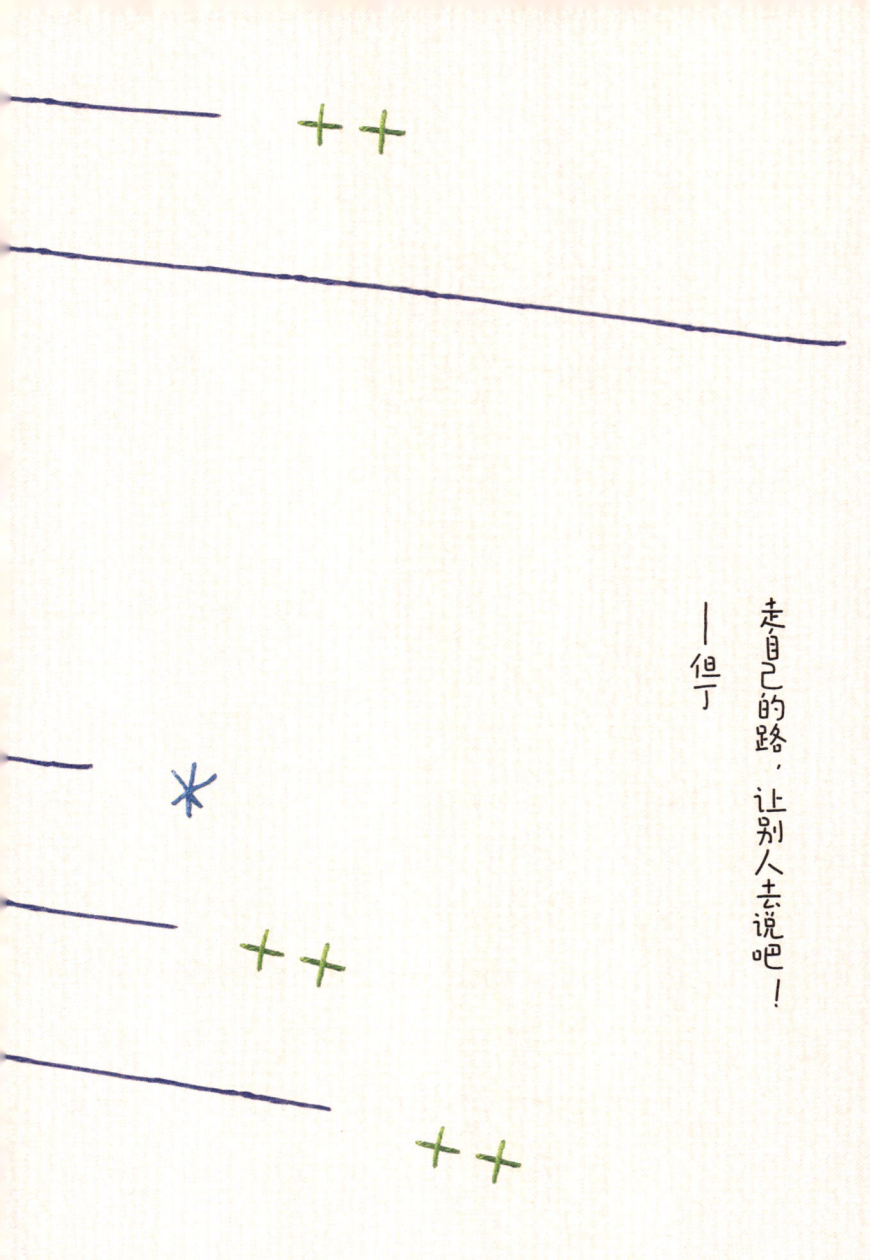

——但丁

小猫的字典里是没有"附和"两个字的。
如果所有猫都长成人，长成狗，
那世界还有什么意思？

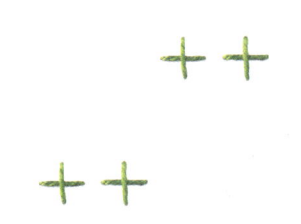

＋＋

＋＋

小猫懂的事情并不多，
但对于这一点它十分笃定：
没有人会因为它像其他的什么而爱它，
大家爱它的唯一理由是，

它是一只猫，
仅此而已。

所有口述手写的词句中，

最悲哀的就是"本来可以"。

——惠蒂尔

亿万年对撞爆炸的尘埃，

才艰难构成这颗蔚蓝星球上的我们。

宇宙做证，
我要此生永远不留"本可以"。

我背靠着窗户，

问她是什么将她困在这里。

"是我自己，"

她说，

"只有我自己。"

——珍妮特·温特森

蛹也不知道自己可以变成蝴蝶，它只是在一个一如往常的平凡日子里，突然不想窝在小小的天地，继续挂在枝头吹风罢了。它努力往外拱着，突然，它的眼睛见到了光。

我……不会掉下去摔死吧？蛹迟疑了一会儿，随后勇敢迈出一步。

有春风来，它张开了翅膀。

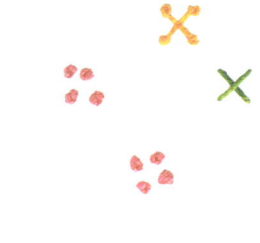

你的职责是平整土地，

而非焦虑时光。

你做三四月的事，
八九月自有答案。

——余世存

我们总想着写完这本练习册，成绩就会突飞猛进；做完这个策划，下周就能升职加薪；跳完这个健身操，明天就能瘦成一道闪电……

可是时光从不允许这些事发生，它像个慢吞吞的老爷爷，告诉我们"你若盛开，清风自来"，告诉街角的小猫"你若等待，小鱼干自来"。

❀ 一个人活在今天，

❀ 只要把今天的地扫干净，

❀ 把今天的心扫干净就行了。

❀ 因为明天有明天的心和明天的落叶。

——林清玄

早上睁开眼,请默念下面的话三遍:

拜托,今天烦恼和焦虑统统不要找上我,我只是一个脑袋空空的可爱小鱼,不懂那些乌七八糟的事。如果真的来找我也没关系,小鱼的记忆只有七秒,来找我我也通通记不住的,明天和以后也是。

生命是一团欲望,

欲望不满足便痛苦,

满足便无聊。

人生就在痛苦和无聊之间摇摆。
——亚瑟·叔本华

小猫特别不理解那些两脚兽在愁些什么：他们明明有饭吃，有床睡，有会说话的嘴巴，有能看到彩虹的眼睛，有能闻到花香的鼻子，还有和自己一样灵巧的能抓老鼠的手，除了没有可爱大尾巴，剩下的几乎和自己一样完美了，怎么还不满足不快乐？

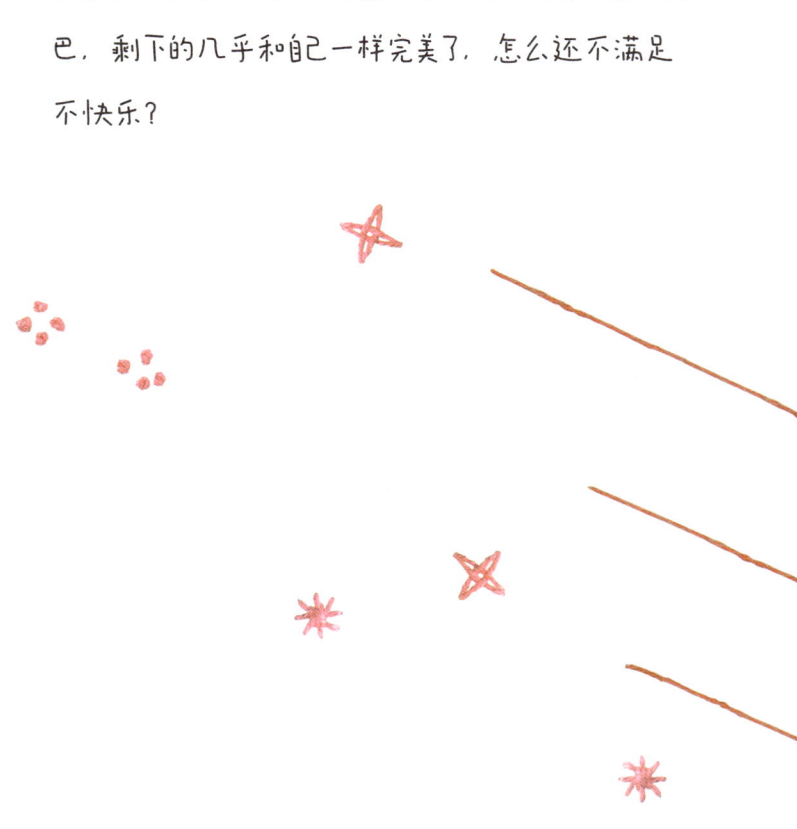

在最黑暗的那段人生,

是我自己把自己拉出了深渊。

没有那个人,

我就做那个人。

——中岛美嘉

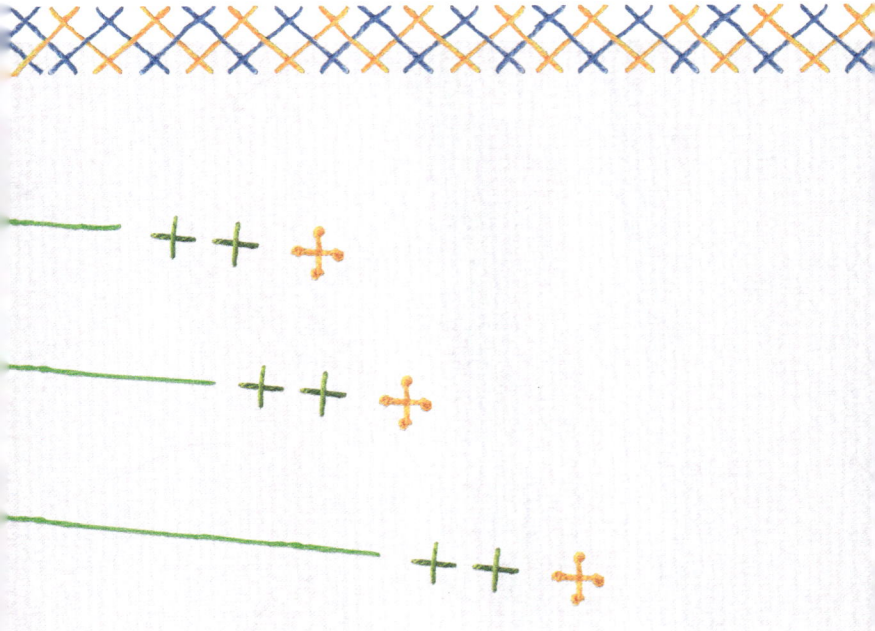

谁都会走一段夜路的，没有父母在旁边引路，没有另一半陪着壮胆，小巷黑漆漆又冷飕飕，仿佛怎么都走不到头。亲爱的，请深吸一口气，低头看看自己的胸口吧。你蓬勃跳动的心脏里，是不是有一束光正照出来？

恭喜！你终于发现啦！你就是自己的光。

遗憾大多是因为什么都没做。

——查尔斯·布考斯基

小猫报仇从不等待，今天就得和这只臭鸟决一死战！小猫也从不压抑自己的好奇心，铲屎官杯子里的水貌似更好喝，那就用它洗洗脚。小猫做事情更不会考虑后果，这个花瓶到底会不会碎？先试试，不行就说是花瓶先动的手。

> 补救办法总是会有的，错过的机会可不会再来。

每一个不曾起舞的日子,
都是对生命的辜负。
——尼采

小猫是不会对逗猫棒失去兴趣的,更不会讨厌小鱼干与猫薄荷,所以即使它每天都能看到它们,仍然会在它们出现时投入最大的热情。

"可是你不会觉得无聊吗?"人们托着下巴询问。

小猫对着逗猫棒的彩条弹射起步,嗷呜一声。

"我就活这么长时间,不抓紧享受,难道到去喵星再玩吗?"

爱的本质是**被看见**。

——菲利帕·佩里

科学研究表明：

喜欢一个人的兴奋感来自快乐分子多巴胺，心跳加速来自去甲肾上腺素，幸福感被内啡肽所影响。人类瞬间的心动受激素与神经传递刺激，但比起瞬间的心动，长久相伴更为珍贵。这意味着我接受了真实的你。不论阳光还是阴霾，我都喜欢你。

如果你赶不上凌晨五点的日出，
不妨看看傍晚六点的夕阳。
我的意思是，
任何时间都不晚。
——佚名

"阳光最棒啦！"

小猫迈着嗒嗒的小步子，舒舒服服地伸了个大大的懒腰。可有时候小猫也会起晚，一睁眼，迎接它的就是月亮。小猫不会苦恼自己睡过头，它只会趴在棉花糖的窝里，认真看着夜空中像玻璃珠一样的星星，思考今天的月亮是不是咸蛋黄鸡肉馅的。

我希望自己也是一颗星星。
如果我会发光，
就不必害怕黑暗。
如果我自己是那么美好，
那么一切恐惧就可以烟消云散。
——王小波

胆小鬼连幸福都会害怕，
碰到棉花都会受伤，
有时还会被幸福所伤。
——太宰治

焦虑，
是自由的眩晕。
——佚名

绝不能惊慌。
恐惧是思维的杀手。
恐惧是最终导致灭亡的死神。
我会直面恐惧，任由其穿过我的身体。
当它过去之后，我会洞悉它的轨迹。恐惧所到之处，
万物无存。唯我独立。
——《沙丘》

我是不能被照亮的光室，
我的焦虑是荒山上的一束火花，
我的爱是一座绿色灯塔。
——阿多尼斯

没有一种批判比自我批判更强烈，
也没有一个法官比我们自己更严苛。
——罗伯特·戴博德

如果想征服生命中的焦虑，
请活在当下，活在每一次呼吸里。
——马特·海格

给自己时间，不要焦虑，
一步一步来，一日一日过，
请相信生命的韧性是惊人的，
跟自己向上的心去合作，不要放弃对自己的爱护。
——三毛

✡

有时回头看看，

这样思考一番之后，

我们常会做些蠢事，

然而在当时看来，

那样做却是唯一的出路。

——弗雷德里克·巴克曼

✡

你必须活在当下，

投入每一波浪潮中，

在每一刻找到永恒。

——亨利·戴维·梭罗

✡

生活的唯一方式是把每一分钟都当成不可复制的奇迹。

——佚名

✡

人生是一场大型的后知后觉。

——佚名

✡

对于一个真正的诗人来说,
生命的每一个瞬间,
每一件事情都应该是富有诗意的,
因为其本质就是如此。

——博尔赫斯

✡

别再等待完美的时刻。
抓住这一刻,
让它变得完美。

——佚名

✡

不管你有多么古怪和特立独行,
都值得被爱和尊重。

——伊米·洛

✡

我渴望有人至死都暴烈地爱我,
明白爱和死一样强大。

——珍妮特·温特森

☆

所有错过的，会变成遗憾，
有的可以填补，有的不可以。
哭过、笑过、爱过、恨过，
爱曾经有多甜，也就有多苦，
我们最终学会的，是不要错过自己。
——张小娴

☆

欲买桂花同载酒，
终不似，少年游。
——刘过

☆

我们笑着说再见，
却深知再见遥遥无期。
——《海上钢琴师》

☆

不要让他人的意见淹没你内心的声音。
——史蒂夫·乔布斯

所有的为时已晚，
其实是恰逢其时。
——董卿

不要为昨天后悔，
生活在于今天，
而明天由你创造。
——佚名

过去无法改变，
未来掌握在你手中。
——玛丽·皮克福德

伟大的思想经常会受懦弱世俗的强烈反对。
——阿尔伯特·爱因斯坦

做你内心认为正确的事，
因为无论如何你都会被批评。
——埃莉诺·罗斯福

你们嘲笑我是与众不同的，
我嘲笑你们是千篇一律的。
——乔纳森·戴维斯

你生而独特，不要活成复制品。
——约翰·梅森

我宁愿拥有无法回答的问题，
也不愿接受无法质疑的答案。
——理查德·费曼

墨守成规是自由的囚笼，
也是成长的敌人。
——约翰·肯尼迪

就算要出卖灵魂，
也要找个付得起价钱的人。
——歌德

✪

正常状态好比一条铺好的路：
走起来很舒服，但上面不会开花。
——凡·高

> ✪
>
> 如果你不喜欢某件事，就改变它；
> 如果你无法改变它，就改变你的态度。
> ——玛雅·安吉洛

✪

无论当下有什么，
接受它，
就好像你选择了它。
——埃克哈特·托利

✪

混乱是你成长的一部分。
当你感到焦虑或沮丧时，
不要轻易相信你生病了，
你可能正处于觉醒的边缘。
——伊米·洛

法则三

心安理得地被爱，多晒太阳多睡觉

"我的铲屎官可真不错。"小猫满意地趴在冰箱上，看着在屋子里忙忙碌碌的人类。

"每天都给我准备可口的食物，给我铺蓬松温暖的窝，给我梳理毛发，还陪我玩。"

一盆迷你多肉在旁边不解地问："既然人类给你提供了这么好的条件，那你用什么作为交换呢？或者说，你给人类提供了什么呢？"

小猫眨了眨蓝水晶般的眼睛，仿佛听到了什么不可思议的话。

"他们能拥有我啊！"
"我是说，他们可以拥有我哎！这还不够吗？"

猫?

一个做梦者,
它的哲学就是睡觉和让别人睡觉。
——萨奇

猫咪最大的**特权**,

就是可以不动声色地优雅离开。

——巴尔扎克

我的猫不开心，

我也就跟着不开心了。

但这并非因为我很在乎它们的心情，

而是因为我知道它们正坐在那里盘算：

如何让我一样不爽。

——雪莱

在家美的世界里,人在下午两点时都会像猫。

——大卫·罗伯兹

一旦开始**抚摸猫的背**，

人们就**无权停止**。

——维托尔德·贡布罗维奇

我最急切的工作是什么也不做，

找到绝对的满足，

像我的猫们一样，

伸开四肢，

舔自己的毛，

心满意足地做梦。

——梅·萨藤

我不能选择那最好的，
是那最好的选择我。
——泰戈尔

小猫从来不羡慕别的猫可以吃到更好吃的猫条、猫罐头，它也从来不怀疑自己的铲屎官是世界上最棒的铲屎官，它坚信自己现在拥有的已经是最好的了。

因为小猫知道自己是最棒的猫，那它的铲屎官也一定是最棒的。

也许世界上有五千朵和你一样的花,

但只有**你是我独一无二的玫瑰**.

——安托万·德·圣埃克苏佩里

我想我会永远记得那天放学时，你被夕阳拉得很长很长的背影，简直长到横亘了我的整个青春，长到如今我每每再回忆起来心脏还是会漏一拍。我的生命来来往往走过很多人，也有过许多背影，身高相似的，胖瘦相仿的，可我总是会在记忆之海第一眼认出你。

生命的真正意义在于

能够自由地享受阳光、森林、山峦、草地、河流，

在于平平常常的满足。

——列夫·托尔斯泰

都是免费

这世界上真正美好的东西的：

壮阔的自然景色，新鲜的空气，夏夜美妙的微风，

花盆里突然结出的花骨朵，

对你毫无防备的小猫睡着时露出的香香软软的肚皮，

还有恋人的眼睛。

🦋 你知道人类最大的武器是什么吗？

🦋 是豁出去的决心。
——伊坂幸太郎

当你迎着困难冲锋向前，最终打到关底时，会发现原来曾经的滔天巨浪不过是脚边的小小浪花，怎么也望不到顶的山峰也不过是能轻松迈过的土丘。

是的，你没有斯塔克的钢铁战衣，但你有不畏淋雨的自己。

一个人只要知道自己去哪里，
全世界都会给他让路。
——爱默生

"笨蛋两脚兽,总想靠着改变自己赢得别人的喜爱。"小猫懒懒晒着太阳,撩起眼皮看着忙忙碌碌的男男女女,不屑地扬着小胡子嘘了一口气。

"他们到底什么时候能明白,
先最爱自己,
别人才会爱你呢?"

我那曾柔软细腻的心，

被这世界狠狠嘲笑过，

但我的本质不可摧毁，

我心安，

释然，

从容生出新叶。

——赫尔曼·黑塞

我用力生长，伸出细嫩的枝丫去拥抱这个世界，没想到周围满是背叛，冰冷与黑暗。它们割断我的嫩芽，冻伤我的枝叶，企图让我枯萎，将我与这个世界同化，可惜它们失败了。

那些家伙不懂——只要心永远纯净，我就能源源不断地生出新的绿色。

时间决定你会在生命中遇见谁，

你的心决定你想要谁出现在你的生命里，

而你的行为决定最后谁能留下。

——亨利·戴维·梭罗

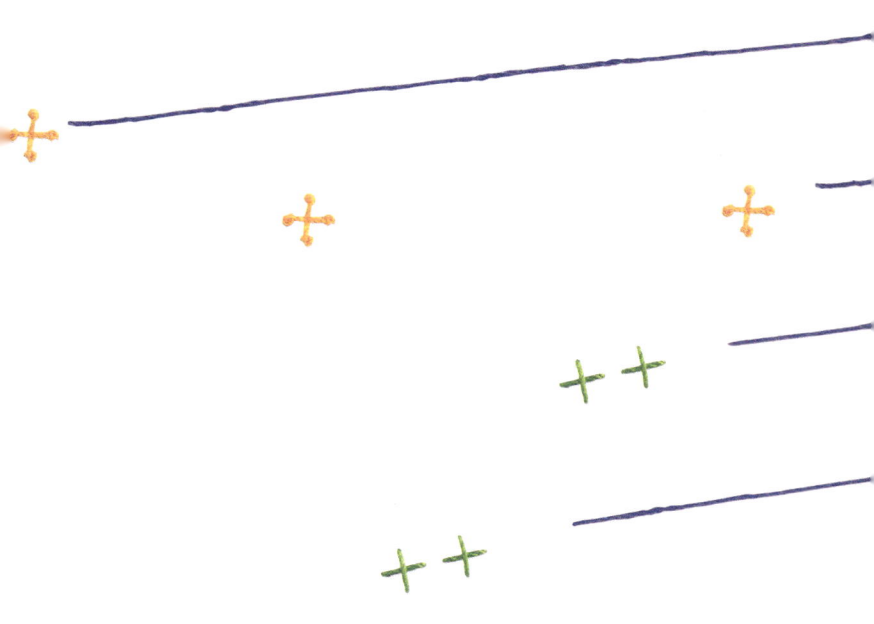

在街角慢悠悠晃荡的小猫，不是在等待有人将它捡回家，而是在挑选铲屎官。它不能决定谁会来到它面前，只能在暗处默默等待，看那个已相中的铲屎官还会不会来送小鱼干。如果来了，小猫会蹭蹭TA的裤腿，并用小爪子在TA身上印下梅花形状的契约印章。

不要因为睡懒觉而感到自责,

因为你起来也创造不了什么价值。

能够在浪费时间中获得乐趣,

那就不是浪费时间。

——威廉·罗素

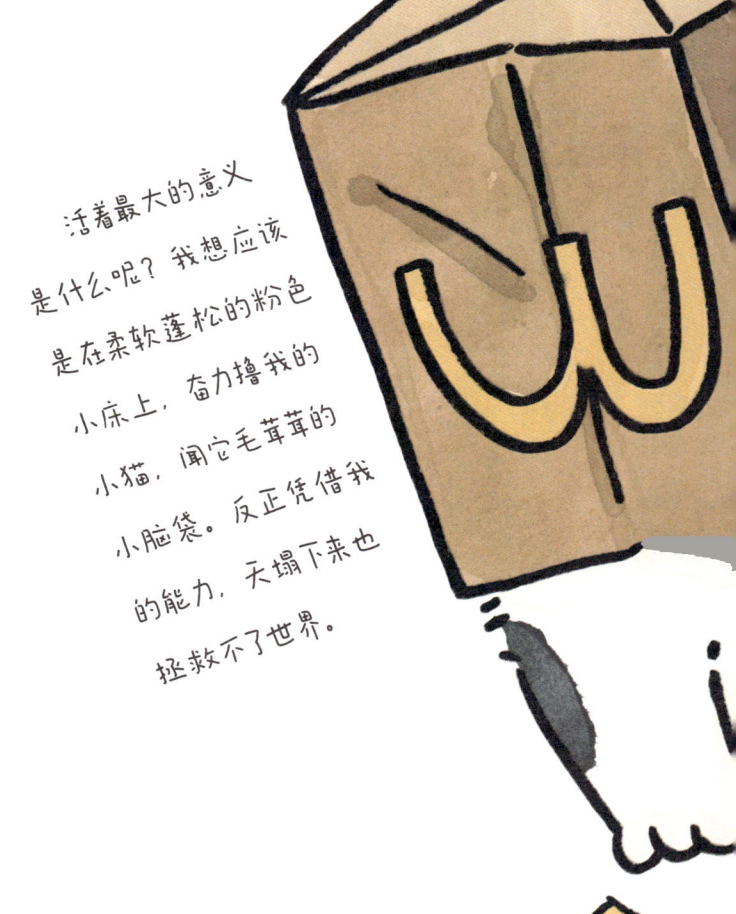

活着最大的意义是什么呢？我想应该是在柔软蓬松的粉色小床上，奋力撸我的小猫，闻它毛茸茸的小脑袋。反正凭借我的能力，天塌下来也拯救不了世界。

做不了大英雄，那还是快快乐乐地当个可爱鬼。

最重要的,

不是别人有没有爱我们,

而是**我们值不值得被爱.**

——卡耐基

"你每天把自己收拾得干干净净有什么用，不还是只流浪猫？"麻雀在树上叽叽喳喳说地说。

小橘猫不理会它的多嘴，继续舔着自己的毛。

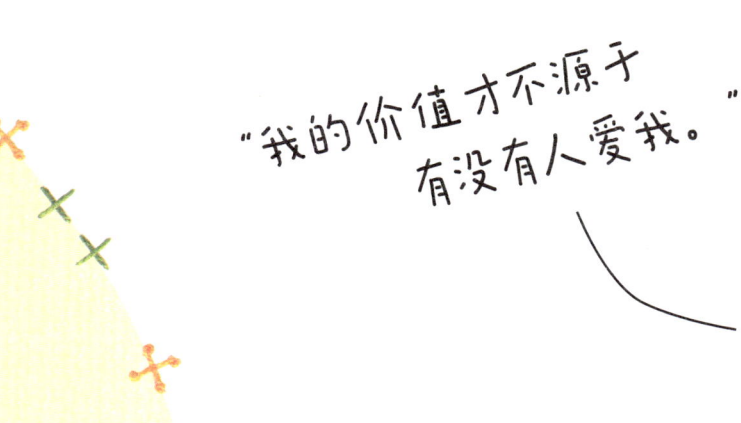

"我的价值才不源于有没有人爱我。"

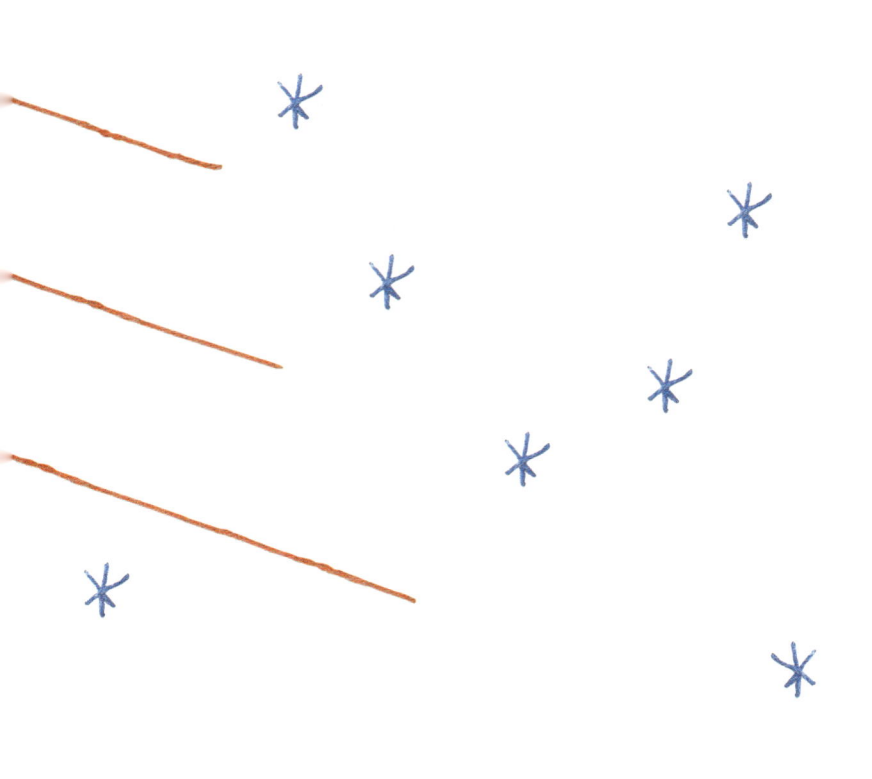

你是怎样度过人生的低潮期的?
安静地等待。
好好睡觉。
像一只冬眠的熊。
——毕淑敏

心情不好时就该多睡一会儿，毕竟人类只是一种高级动物，我们不过是把冬眠的时间拿出来分给名叫难过的季节。等我们安稳度过这段日子，春暖花开时自然会苏醒，蹦蹦跳跳地出门。

世事浮云何足问,
不如高卧且加餐。

——王维

✦ ✦ ✦

夏天的晚风轻轻地吹过小猫的尾巴尖，它趴在阳台上，想象未来会不会有一天，每个两脚兽都给自己一条小鱼干。小猫发出一声舒服的喟叹——那我就是世界上最富有的猫咪啦！

当你真心渴望某样东西时,整个宇宙会联合起来帮助你完成。

——保罗·柯艾略

追逐梦想的人从来都不怕失望，也不怕受伤。因为他们知道，在人生这场游戏里，自己才是主角，其他人都是配角，磨难也不过是安排好的关卡。

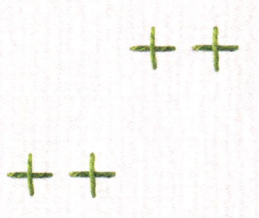

一旦领到了主线任务，
那整个游戏就都围着自己转起来。

每天在这时候读几页所喜欢的书，

将一天的压迫全驱净了，

然后再躺下大睡，

也是生平快事罢。

——季羡林

有时候周围的风太大，不如躲到用书搭的彩色小屋里，用文字的魔法把自己带到九又四分之三月台，驶向满是玫瑰与鸢尾的彼岸。再在梦里飞到棉花糖铺满的天上，尝一瓣橘子味儿的太阳。

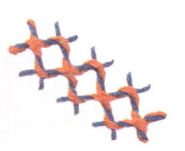

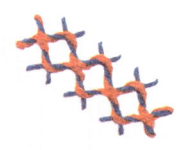

幸福是把灵魂安放在最适当的位置。
——亚里士多德

小猫软趴趴地待在猫爬架上，大尾巴垂下来一扫一扫的，享受着惬意的午后时光。小猫没什么远大志向，它只想吃得饱饱，睡得好好，有无数纸箱可以钻进去玩，再多些大太阳。

它很清楚自己的位置——

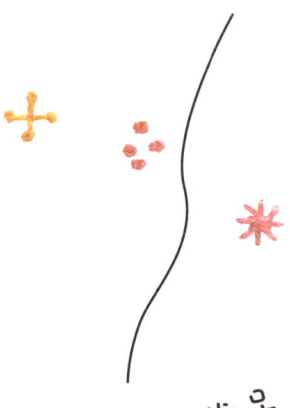

"我这一生的主要任务是发呆，其次是当铲屎官的毛绒创可贴。"

天地与我并生,而万物与我为一。
——庄子

找一个艳阳高照的晴天，穿着棕色泳衣去海边趴在沙子上，假装你是一块刚被太阳烤好的小熊饼干。

再找一个无风无云的夜晚，去林间搭一个帐篷，偷偷看月亮是不是打喷嚏打出了满天星星。

从前种种，
譬如昨日死；
从后种种，
譬如今日生。
——《了凡四训》

生活给我一杯苦水，于是我又多喝了几口奶茶，把今天的自己变成了全糖。

生活给我重重几击，但我把自己放进石槽，把今天的自己变成软软糯糯的打糕。

昨天的恐惧就交给床头的玩偶勇士对付吧，今天的你又甜又美味！

把脸一直向着阳光，
这样就不会见到阴影。

——海伦·凯勒

如果可以，我不想让自己变成长满刺的玫瑰，我想变成金灿灿的向日葵，这样在我的世界里永远日不落。因为阳光总是在我面前，阴影也永远在我身后。即使有一天不想再开花了，还能变成香喷喷的瓜子，你咧开嘴一嗑，就像笑了起来。

如果你掉进了黑暗里,
你能做的,
不过是静心等待,
直到你的双眼适应黑暗。
——村上春树

没有什么困难能真的杀死你,顶多是让你的脑子和心脏有些疼,可是宝贝相信我,这只有一阵子而已,熬过去,那些痛苦会被你消化,成为你生命之树的养料,最终开出繁花。

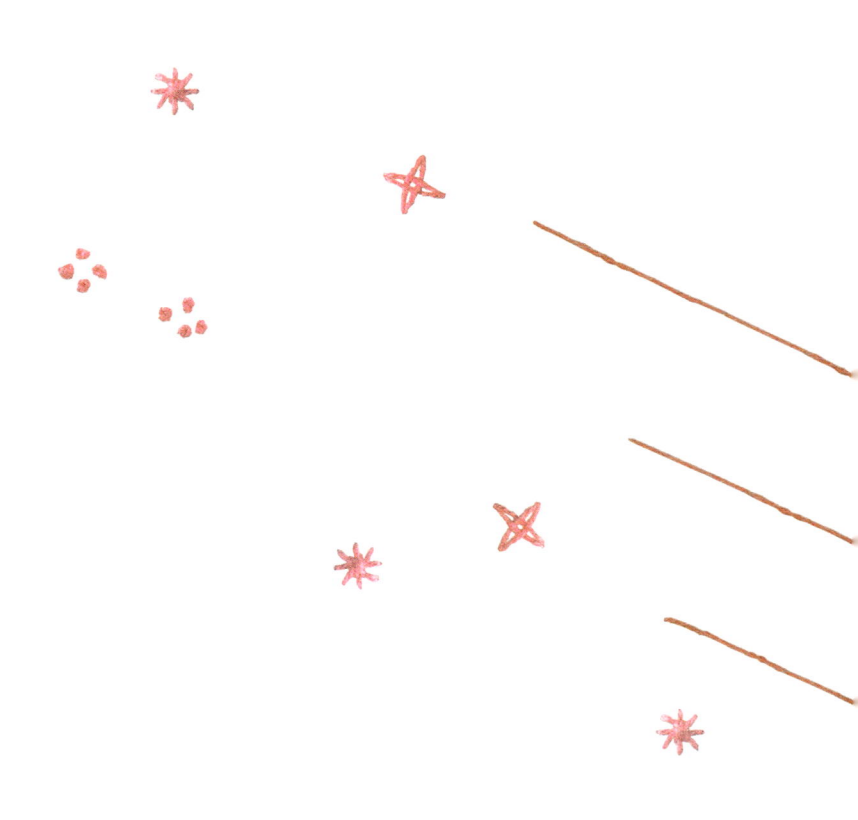

✪

要珍重新生的一天。

不要想一年后、十年以后的事情。

想今天吧。

不要空谈理论。

一切理论,你看,

即使是谈道德的,也不是好东西,

都是愚蠢的,有害的。

不要勉强生活。

今天就该好好活下去。

要珍重每一天。

要爱每一天,尊重每一天,

千万不要糟蹋一天,

不要妨碍开花结果。

要爱像今天这样的日子。

——罗曼·罗兰

✪

何人无事,宴坐空山。

——苏轼

✪

因为是心甘情愿地沉溺，

即使死亡也无须被拯救。

——安托万·德·圣埃克苏佩里

✪

热烈的不是青春，

是我们。

——佚名

✪

亲爱的朋友，

人生永远柳暗花明。

——三毛

✪

当你无暇休息的时候，

正是你该休息的时候。

——锡德尼

✪

我只是一名心不在焉的游客，

但我喜爱阳光。

——亚当·扎加耶夫斯基

☆
我身体里的火车从来不会错轨，
所以允许大雪，
风暴，
泥石流和荒谬。
——余秀华

☆
我们听到的一切都是观点，
不是事实；
我们看见的一切都是一个视角，
不是真相。
——马可·奥勒留

☆
我崇拜流浪、
变化和幻想，
不愿将我的爱钉在地球某处
——赫尔曼·黑塞

☆
不赶什么浪潮，
也不搭什么船，
我有自己的海。
——佚名

✪

你超棒的，你值得任何人为你心动。

心理学上有一个吸引力法则：你相信善良，就会吸引善良；

你相信真诚，就会吸引真诚；

你的心思集中在哪里，就会得到什么样的成果。

未来记得每天都对自己说一句：

我太棒了！我很值得！我真的很好啊！

有点小漂亮，善解人意，懂得换位思考，分享欲比较旺盛。

会给朋友分享有趣的事情。三观超正。

待人真诚，一直在努力地生活。成为更好的自己。

共情能力强，自愈能力也强，即使自己情绪不好陷入内耗，

还是会倾听他人的烦恼。

重要的是，你能在很多次的崩溃中慢慢自愈。

能在滥情的世界里始终保持清醒，虽然偶尔有些悲观。

但真诚和善良永远是你的底色。

我还想对你说：你值得任何人为你心动。

> ✪
>
> 我很优秀，
>
> 每个年龄的我都是恰到好处的我。

✬

我的往昔很空，我就把今天填得很满；
我的喜悦很少，我就把笑容积得很多。
——于娟

✬

好好吃饭，
好好睡觉，
好好地生活下去，
绝大多数的事情都能迎刃而解。
——中村恒子

✬

光阴入画，
岁月成诗，
四季清宁，
一生久安。
——佚名

✬

阅己，悦己，越己。
我被高山围绕，
山水自然为我祈祷。
——佚名

�

今天也平安无事地结束了，
这比什么都重要。
——东野圭吾

�

每一天都要选择原谅自己，
你是人，有缺点，
最重要的是你值得被爱。
——艾莉森·玛丽

�

日子是一张琐碎小事编织成的网。
——博尔赫斯

�

不要根据别人对待你的方式
来衡量自己的价值。
——查理·麦克西

法则四

大胆表达,
世界是个大大的
游乐场

小猫是最知道人间只是个游乐场的了。高高的树枝是跳楼机，吸尘器商店是鬼屋，鱼摊是零食售卖处，夜晚的小巷是打地鼠专场。遇到喜欢的两脚兽，小猫就用头蹭蹭他们的裤脚，碰到讨厌的人，就像小狮子一样龇牙。它们才不在乎别人的评价——

"我到底是混世大魔王，还是贤宠良咪，得看我今天的心情。"

　　小猫慵懒又高傲地跳到树梢，在交友板上用指甲尖挠下一行字。

"本喵私底下就是小鱼干、猫薄荷都吃的啊，那又怎样？"

爱是宇宙中被压扁的猫。

——布考斯基

猫用尾巴给它的每一个思想签上名字。

——拉蒙高梅·德·拉塞尔纳

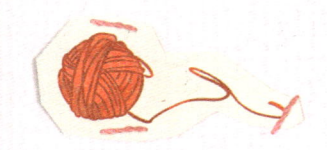

是完美无缺的

世界上有两种东西，

一是时钟，

一是猫。

——爱弥尔·奥古斯特·夏提埃

这个世界是多么冷酷,

然而,待在猫儿身边,

世界就可以变得美好而温柔了。

—— 村上春树

我相信猫是谪仙的神灵，

我坚信，

一只猫，
可以行走云端。
——儒勒·凡尔纳

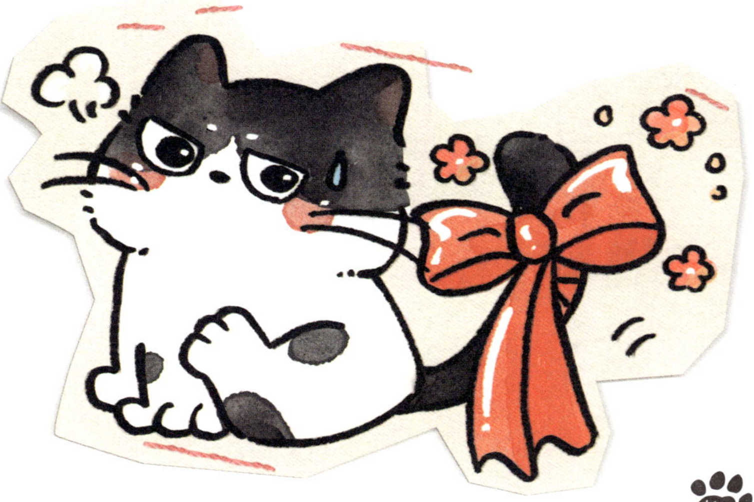

享受生活中的小事,

因为某天当你回首往事时,

你会发现它们其实是大事。

——罗伯特·布劳特

世界像一杯温热的美式，难喝极了。

可这天你走在上班路上，惊喜地发现记一路遇到的都是绿灯；转过街角，你最喜欢的那家梅花小蛋糕出摊了，空气中都是奶乎乎的味道；你整理过季的衣服，突然在口袋里翻出一百块钱……

经过它们的加奶加糖，日子就变成焦糖拿铁啦！

人生就是一场体验，
请你尽兴！
——杨绛

快，现在就去把这句话贴到冰箱上——你才是你人生的主角！

路旁经过的每一朵花都是为你绽放，太阳为你升起，星辰为你闪耀，如果你伸出食指抵到地上，瞧！你在转动这个地球哎！

我对自己说：

跨过去，
春天不远了，

永远不要失去发芽的心情。

——林清玄

当你快扛不住的时候，要知道，那个张牙舞爪的困难也快扛不住了。不要放弃，戴上你的拳击手套，再给它最后重重一击，那一刻你会看到满场欢呼与彩带，每个观众都是那个从未放弃的你自己。

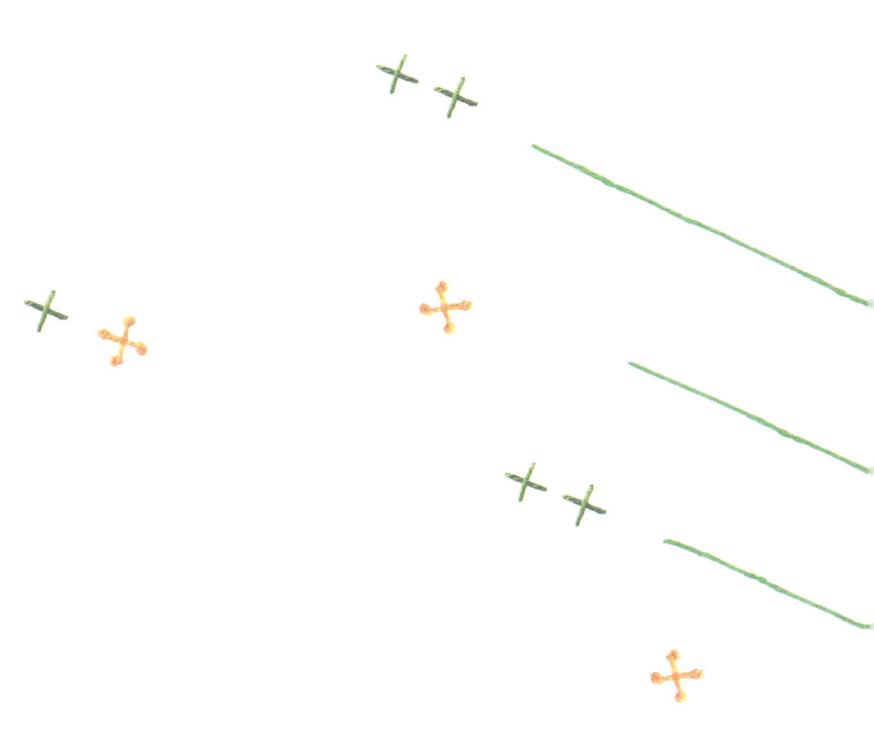

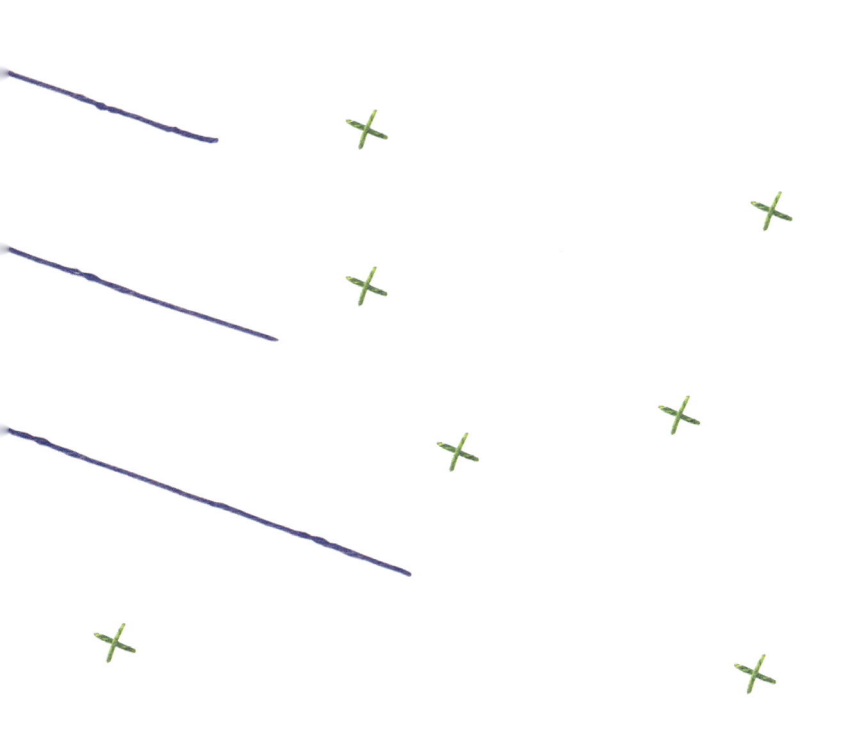

我们的忧愁将会崩解：

灵魂将会穿梭如风。

——巴勃罗·聂鲁达

每个人都像一块轻盈透亮的纱，快乐与热爱会为这块纱不断织出更美更轻的线，痛苦与忧愁会在上面涂满厚重的泥巴。洗去那些污泥吧，你看旁边那些小猫形状的纱，正干干净净地在风中自由舞蹈。

真正的英雄主义是在看清生活的本质后依然选择热爱。

——罗曼·罗兰

"日子不就是一天天这样过吗?难不成还能改变这个糟糕的世界?"白天,小猫在阳光下烘烤绒毛,事不关己地打了个呵欠道。

夜幕降临时,在城市的最高处,小猫戴着蝙蝠侠面具威风站立。

"就从抓光这里的老鼠开始,这座城市就靠你了。"小猫对己说,

"行动,蝙蝠猫!"

生活是苦难的，
我又划着我的断桨出发了。
——博尔赫斯

打怪升级的路上怎么会不耗损装备呢？旧的通勤包，漂泊无定的出租屋，又或是，因为烦恼而微微疼痛的心脏。可是也有些宝物越用越新，比如我日渐肥硕的小猫。每每它过来拥抱我的时候，我都觉得己又可以重新出发了。

生活总是让我们遍体鳞伤,

但到后来,

那些受伤的地方,

一定会变成我们**最强壮的地方**.

——海明威

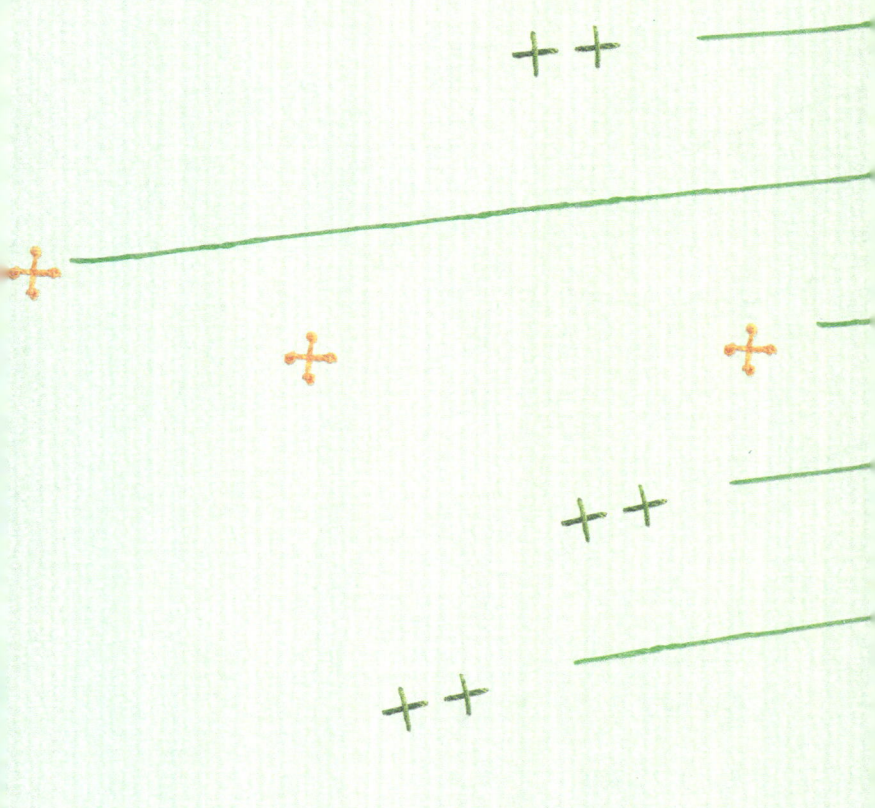

生活这个讨厌的怪物,专门挑我们最脆弱的地方攻击。但别忘了,每次流血后伤口会结出一层厚厚的痂,那是血小板和纤维蛋白为了拯救我们,奋力凝结的痕迹。所以不要怕心会受伤,我们会自愈,我们会成长,我们终将百毒不侵。

我是一株百合，

不是一株野草。

唯一能证明我是百合的方法，

就是开出美丽的花朵。

——林清玄

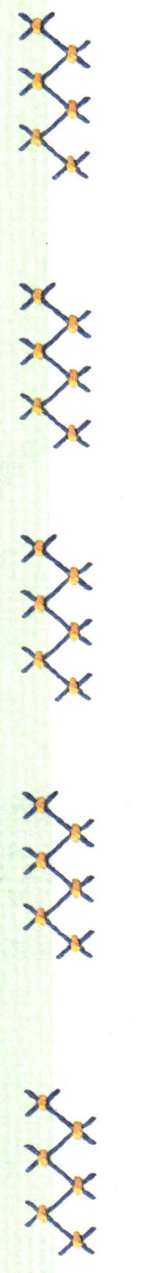

语言是单薄的，说一万遍我不在乎，也不如直接视对方为无物，解释一万次我很棒，也不如亲自站在山顶喊话，哈哈哈！如果星星软糖和奶油蛋糕要证明自好吃，就该主动跳到我的嘴巴里。

生活有太多让我感动的瞬间，
就像一只可爱的小狗凝望着你，
仿佛你就是幸福的化身。

——马克·李维

小猫时常想,什么才是真正的幸福:或许是在某个周五的放松夜晚,喝着奶茶的铲屎官,躺在柔软的沙发上浑身香香的,小猫爱慕地看着铲屎官,而铲屎官爱慕地看着自己,嘻嘻!

任何一个世界的任何一座囚牢,

爱都能破门而入.

——王尔德

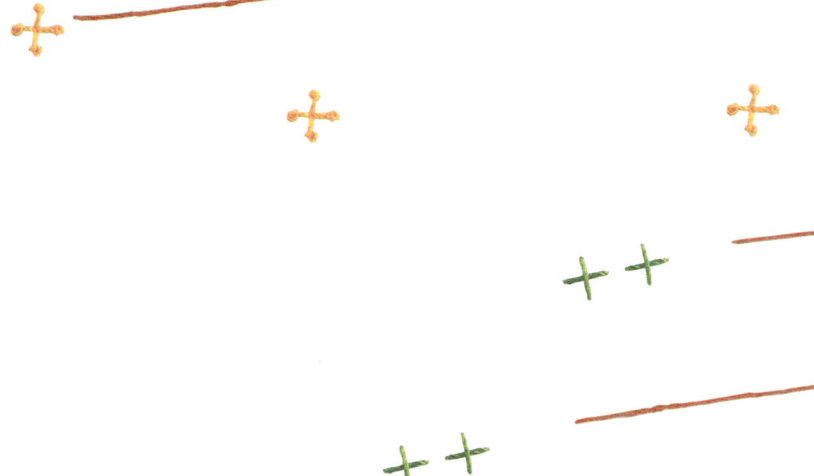

比起肉眼能看见的刀枪，爱显得过于柔弱了，总是唯唯诺诺地藏在你的心里和脑海里。可如果有一天你真的被欺负了，爱会第一时间投射成实体，变成山海不可越的城墙，变成毁天灭地的恐怖战士，变成把你抱在怀里安慰的毛绒玩偶熊。

不知道命运是什么,

才知道什么是命运。

——史铁生

小猫在前往喵星的前一秒，也是会和人一样回顾猫生的。它躺在铲屎官怀里，细细回忆这辈子过得如何，然后满意地点了点小脑袋。它喜欢这个铲屎官，可它也不知道自己下辈子会遇见谁，又会有怎样的生活。

有时候，

一点点的信念，

就可以走很长的路。

——尼克·凯夫

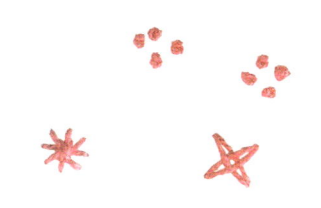

"我们总是会低估自己的潜能。就像在绝望中，只要抓住眼前那一点点希望不放，说不定真的能做出什么大事情！相信自己！我可以的！"

小猫两眼放光，伸出小爪子拼命够着悬在空中的腊肠。

"都是我的！都是我的！"

活着并且做自己热爱的事，
意味着能够掌控它们。
——加缪

人生的终极意义这种命题，太深奥了，就留给哲学家来思考吧。

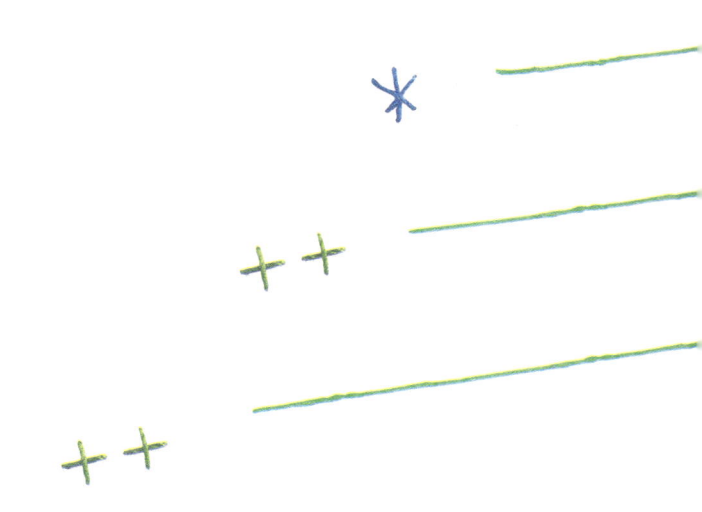

对我们普通人来说，好的人生就是能一辈子与自己热爱的事为伍，不论是制作手工还是拿着麦克风，我们都在为世界创造美，也在为人生绘制可爱的内页插图。

自由不是在黑白之间做出选择，而是可以放弃这样被规定好的选择。

——西奥多·阿多诺

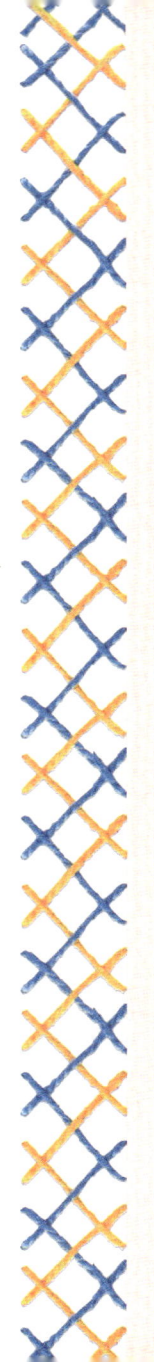

轨道走得久了，我们总是会默认只能前进或后退，却忘记了如果离开轨道，周围都是旷野。

亲爱的，愿你的人生自在如风，每一个选择都通往没有规则束缚的路，每一次努力都能登上未曾被征服的高山，去过永远不被规训与圈养的生活。

> 在你生命的书卷里，你才是唯一的封皮。

我认为人的一生中总会有某个时刻，

需要坚守自己的决定。

一个说

"这就是我，这就是我的选择"的时刻。

——石黑一雄

是什么定义了我是谁呢？应该和千篇一律的上班没什么关系，和混乱的冬日穿搭没什么关系，和平日里我乱糟糟的头发没什么关系。只有当我坚持为弱者发声，当我勇敢逃离一段坏感情，当我对街角的流浪小猫敞开怀抱，我才可以叉腰骄傲地大声说：

"嘿！这就是我！这才是我！"

有时，

我可能脆弱得一句话就泪流满面；

有时，

也发现自己咬着牙走了很长的路。

——莫泊桑

小猫不觉得自己是唯一一个有两面性的生物：

心情好的时候可以抱着毛球蹭一上午，心情差的时候恨不得把毛球拆个精光，勤快的时候能用所有水杯都洗一遍爪子，懒的时候连开了猫罐头都不感兴趣。人这种更为复杂的动物，又怎么不会如此呢？

爱者永远超越被爱者，因为生活比命运更庞大。

——里尔克

小猫向来不在意除了自己以外的任何事，可它最近有点苦恼，因为它的铲屎官总是唉声叹气。

"他最近怎么了，是不开心吗？"小猫想到这儿又故作骄傲地别过头，"我才没有关心，只是他不开心就没人给我买猫罐头了。"

此时人类正躲在厕所里偷偷哭，忽然看到自己的小猫鬼鬼祟祟地从门口担心地探出头。

生活便是：
置身于生活之中，
用我们在其中
创造了生活的眼光看生活。
——卡夫卡

有人说爱是世界上最廉价的东西，因为生于一息之间，又可以转瞬消失无形，像空气一样。可是谁又离得开空气呢？它明明无处不在，无孔不入。去真切地爱每一天的生活吧，生活不会无动于衷，还会给我们惊喜！

如果可以许愿的话，我希望得到酒心巧克力。

✪
我们今天所希冀的，
往往是我们明天所害怕的，
甚至会吓得胆战心惊。
——丹尼尔·笛福

✪
我们向前去，
就像夏日暴雨后插上闪电翅膀的云朵一般，
越过汪洋。
——艾略特

✪
我是最好的，
我有资格拥有所有美好的。
——佚名

✪

对于一个真正的诗人来说，
生命的每一个瞬间，每一件事情都应该是富有诗意的，
因为其本质就是如此。
——博尔赫斯

✪

我想要越过茫茫宇宙到下一个星球去，
到最后一个星球去，
我要留下几滴眼泪和一些笑声。
——卡尔·桑德堡

✪

生命不是安排，而是追求，
人生的意义也许永远没有答案，
但也要尽情感受这种没有答案的人生。
——弗吉尼亚·伍尔夫

✦

如果你不快乐，

那是因为你把事情看得太严肃了。

——奥修

✦

世上四分之三的要求都是不切实际的，

是建筑在幻想、唯心、希望和感情的基础上的。

——罗斯金

✦

在这短暂的一生中，

你能做出的最清醒自主的选择，

就是保持成长。

——佚名

✦

观我往旧，

同我仰春。

——佚名

✪

当你听见自己在幸福地歌唱的时候,
就是世界在歌唱,就是你的心在欢呼。
——里尔克

✪

不要在你还没有开始之前就阻止你自己。
——沃尔什

✪

某天,
我不再是一个需要答案的人。
——佚名

✪

我一闭眼世界都黑了,
我一睁眼世界都亮了,
我不是主角是什么?
——佚名

✪

如果命运没有让你大笑,
那是因为你根本没弄懂那笑话。
——格里高利·大卫·罗伯兹

☆
有很多时候，
勇气不是从你的脑袋里生出，
而是从你的脚下涌现。
——松浦弥太郎

☆
诗，美，浪漫，爱，
这些才是我们生存的原因。
——《死亡诗社》

☆
命运指引你去哪里，
你就大大方方地去，
理直气壮地去。
——佚名

☆
他不觉得前路都是不好的事儿，
他很早就明白了，
命运指引愿者，
拉扯不甘者。
——斯鲁日特尔

✵
美是永生揽镜自照,
但你就是永生,
你也是镜子。
——纪伯伦

✵
为你,
千千万万遍遍体鳞伤,
还是会义无反顾,
也许这就是人生。
人生不是只做值得的事情!
——卡勒德·胡塞尼

✵
所谓无底深渊,
下去也是前程万里。
——木心

✵
凡是遥远的地方对我们都有一种诱惑,
不是诱惑于美丽,
就是诱惑于传说。
——汪国真

✧

我从地狱来，
要到天堂去，
正路过人间。
——司汤达

✧

我的宇宙，
就躺在我的指尖。
——菲利普·迪克

✧

然而人生辽阔，
不要只活在爱恨里。
——张爱玲

✧

视他人之疑目如盏盏鬼火，
大胆地去走你的夜路。
——史铁生

✧

你一直希望自己勇敢而真实，
那么现在做个深呼吸，
用猛烈的孤独，
开始你伟大的历程。
——莱斯纳德·科恩

✫

把你体内的DNA搓成一条线的话，
它能延伸100亿英里，
比地球到冥王星的距离还远。
所以光靠你自己就足够离开太阳系了。
从字面意义来看，你就是宇宙。

——尤瓦尔·赫拉利

✫

这些年最对不起的就是自己，
将就这个，顾及那个，
唯独委屈了自己。
最后变成了一个随时爆发，
喜怒无常的神经病。

——杨绛

✫

心总要狠命燃烧一下，
才配得上一把灰烬。

——海桑

✫

一个人只要具有了向上的力量，
就能一眼望到山外的大地，
蜿蜒的长河。

——罗曼·罗兰

法则五

享受奇奇怪怪，
捕捉可可爱爱

世界上真的有"无聊"两个字吗？

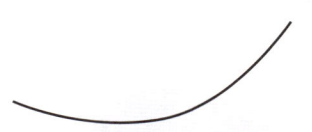

小猫在河边姿态优雅地钓着鱼，思考着今天新学到的词汇。它想不明白到底是尾巴不好玩，还是老鼠灭绝了再也不用抓了，抑或是睡觉没意思，毕竟能干的事可太多。

"哼，这词一定是人类瞎编的。"小猫确信地甩了甩头，模样俏皮又可爱，"除非让我亲眼看看。"

人类在旁边观察了许久，终于忍不住走上前："猫猫，我能当你的铲屎官吗？"

小猫上下打量一番，随后轻盈地跳上人类的肩头，眼底闪过狡黠的光。

"好啊，喵太公钓鱼，愿者上钩。"

管它钓到的是什么，反正钓到了。

溪柴火软蛮毡暖,
我与狸奴不出门。
——陆游

上帝造了猫是为了给予人类抚摸老虎的乐趣。

——约瑟夫·梅里

把耳朵附在猫的身体上,

就会听到夏日结束时海鸣般的隆隆声。

——村上春树

猫带来的快乐往往来自它们的存在，

而不是它们所做的事情。

——安德鲁·汉姆

谁又要求你们人类
非得把自己搞得这么累呢?
——夏目漱石

猫如此有才，

它发誓永远不会向无聊屈服：

要么它把无聊变成一门艺术，

——彼得罗·西塔提

从童年起,
我便独自一人,
照顾着历代的星辰。
——白鹤林

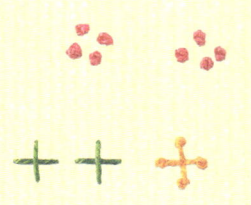

即使身边有许多人，我也时常感到深深的孤独，他们离我的灵魂太远。就像夜空中纵使繁星满天，每颗星星之间也间隔着几万光年。它们孤独如斯，又怎么会需要我的照顾呢？

一坨毛茸茸的小可爱在旁边用爪子贴贴我，把我带出了坏情绪。

"人类哇，你现在有我呀。"

我觉得你很像一个终生跋涉的香客,
不停地寻找一座可能根本不存在的神庙。
——毛姆

我们有时候真的太焦虑了，一直在赶路，从不敢停下脚步。可与其追寻那个也许不存在的终点，为什么不能停下脚步，享受一下眼前这个温暖的午后？

　　——喝一口热腾腾的香甜咖啡，看小猫躺在地板的光斑里小憩。

如果我真的对云说话,

你千万不要见怪。

城市是一个几百万人

一起孤独生活的地方。

——亨利·戴维·梭罗

小猫的眼睛总是能看到其他的维度，就像它清楚地看见在咖啡店门口，拥抱得那样紧密的男女，中间却隔着一堵厚厚的墙。

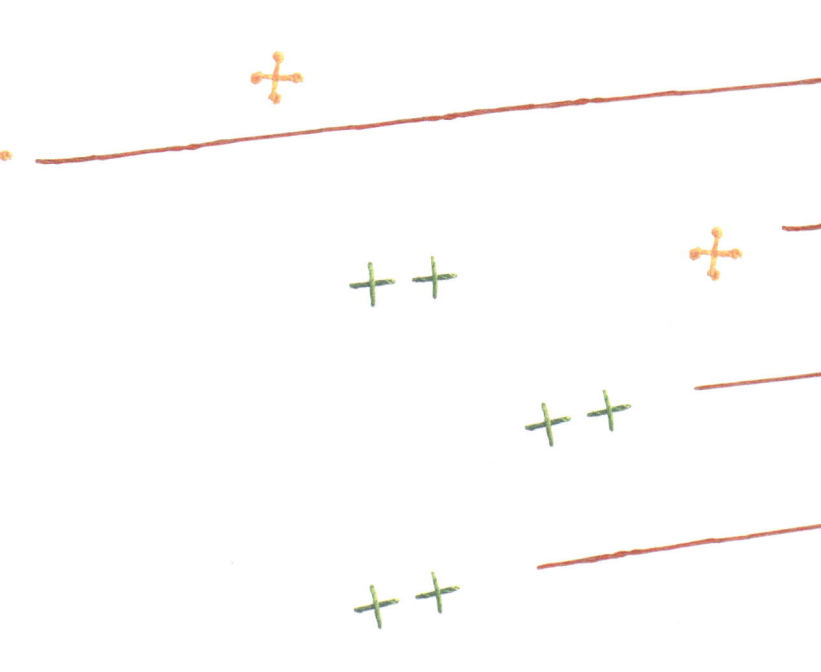

"真是奇怪。既然这样为什么不选择独处呢？"

小猫趴在树梢，喵喵吐槽了两句。

"喊，难道是害怕一个人吗？人类胆子可真小。"

看海看久了想见人，

见人见多了想看海。

——村上春树

我经常费劲思考自己到底是i人还是e人，是喜欢离群索居还是热闹至上。后来终于明白了：如果今天想自己待着，就把手机一关谁都不理。想疯一把，就约朋友出门大玩特玩。就像喜欢吃辣和喜欢吃甜并不冲突，谁家小仙女吃完麻辣火锅，不想来份芒果甜品呢？

每个人，
都是一座孤岛。
——亨利·戴维·梭罗

说到底，世界上没有任何一个人能100%真正懂你，做到一比一感同身受的，只有你自己。从这个意义上来说，每个人都是孤独的。

　　小猫一脸严肃地点头表示赞同。

　　"就像我的铲屎官永远猜不到我想吃小鱼干还是猫条。"

　　小猫清清嗓子："事实上，我是说，其实我两个都想吃。"

有一天

我看了四十四次日落。

——安托万·德·圣埃克苏佩里

我住的地方不大，每挪动一下椅子就会再看见一次日落。这天我的心情很差，所以抬头看了好多次，落日黄澄澄的，像那种会流蜜糖心的火晶柿子。夕阳这么甜，我的生活怎么不甜呢？

直到我再次抬头，看第四十五次时，我的心终于被治愈了。

——那轮胖乎乎的落日变成了我的大橘猫。

我是我自己唯一的主宰。

——威廉·亨利

总有人要教你怎么生活、怎么恋爱、怎么长大，可这些难道不是我们自己说了才算吗？前面究竟是高峰还是低谷，是快乐还是伤心，都要我们一步一个脚印地亲自走过才算数。

所以这些指指点点的喇叭快闭嘴，小心我抠你们电池！

我要捍卫一个属于自己的角落，
假如这个角落被剥夺的话，
我会很快变得贫瘠。
——埃莱娜·费兰特

小猫界最瞩目的收藏家终于公开了它的藏品：一团粉色毛线、一片干燥的银杏叶、几颗闪亮亮的玻璃珠，还有会哗啦啦响的银色包装袋。

人类不理解：这些有什么收藏价值？

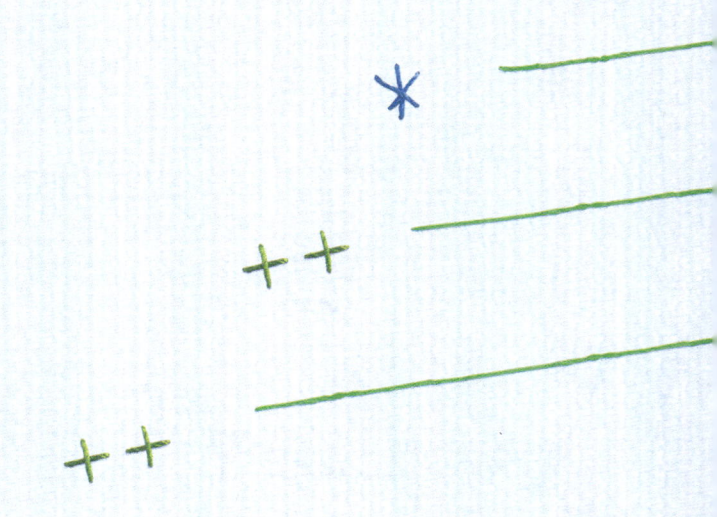

小猫轻哼一声：最大的价值就是这些都是我爱的，而不是世界告诉我该爱的。

没有对生活绝望，
就不会热爱生活。

——加缪

看到灰袍巫师甘道夫击败炎魔，力竭而死的那一刻，我突然懂了什么叫破而后立，浴火重生。只有当一个人抱着必死的决心去挣扎，最终又幸存下来，才会完成蜕变，懂得珍惜。就像没经历过寒冬，就永远不知道春天的风有多温柔。

我们活着是为了发现美，

其他一切都是等待的种种形式。

——纪伯伦

人类总是会对自己人撒谎，对陌生人说实话，像不敢暴露自己的戴着面具的胆小鬼。

　　"也许是这群笨蛋觉得黑夜可以掩护他们吧，真是自欺欺人。"小猫无奈摇摇头，眨了眨自带夜视仪的眼睛，像在同情人类一样。

"他们什么时候能像我一样勇敢呢？"

我的精神独往独来，
不与人们同行。

——拜伦

我是大森林里最边缘的一棵树,良久孑然站立,但我并不孤独。有四季的风吹过我耳旁,有叽叽喳喳的鸟在我身上筑巢,我的脚边是大片大片的小雏菊,目之所及满是毛茸茸的翠绿小草与可爱云朵。

我只是选择自己,我并不孤独。

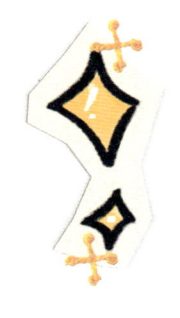

有些人能感受雨，而其他人则只是被淋湿。

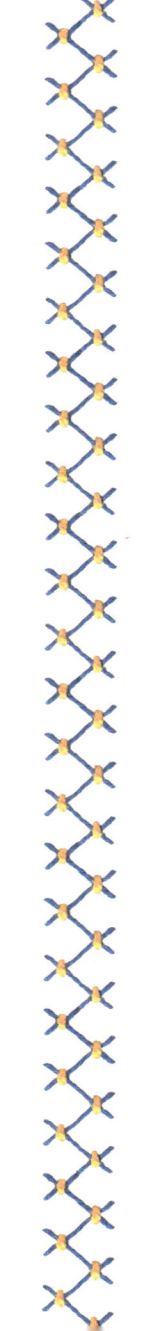

——鲍勃·迪伦

雨天是云朵心情不好，在哗啦啦流泪，所以整个世界都悲伤起来。这样的天气适合做什么呢？在湖边淋雨，在玻璃窗后听音乐，捧着热奶茶发呆放空。

在雨天，你可以尽情处理那些搁置在记忆深处的糟糕情绪。毕竟老天都 emo 了，我陪一下还不行吗？

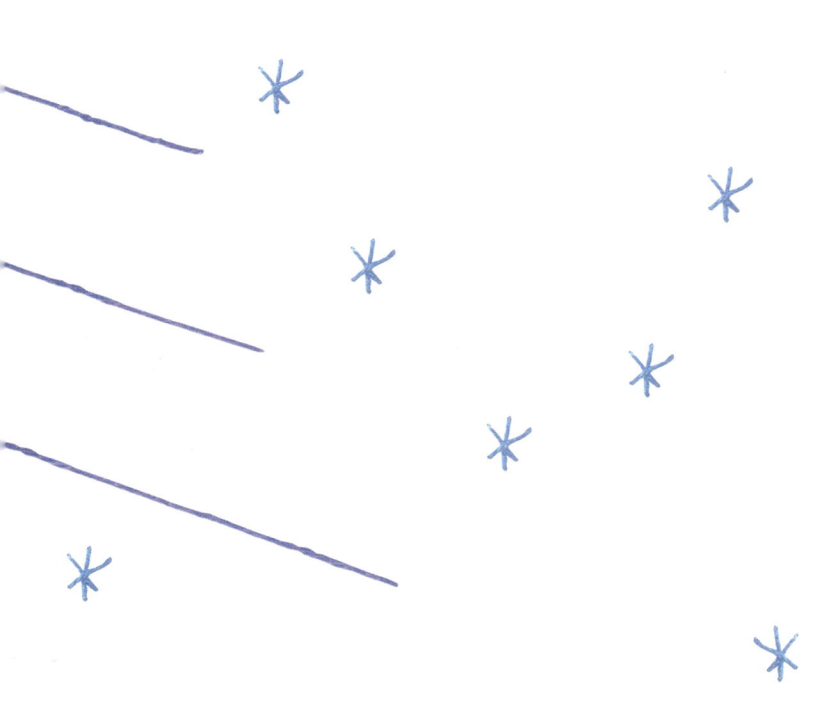

如果你渴望得到某样东西，

你得让它自由，

如果它回到你身边，

它就是属于你的，

如果它不回来，

你就从未拥有过它。

——大仲马

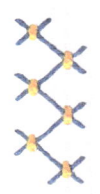

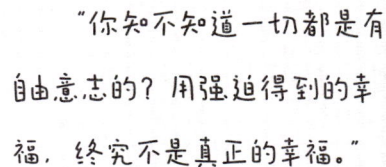

"你知不知道一切都是有自由意志的？用强迫得到的幸福，终究不是真正的幸福。"

"就像如果你真的想要我，就要学会放手。当我重新选择你的那一刻，你才是真正拥有我。"

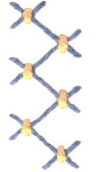

小猫单挑眉毛，听着刚捉住的老鼠叽里咕噜地长篇大论，不耐烦地扫扫尾巴。

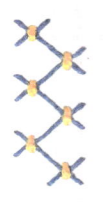

"不好意思，我是只猫。"

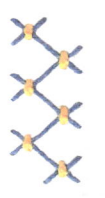

一定要爱着点什么,
恰似草木对光阴的钟情。

——汪曾祺

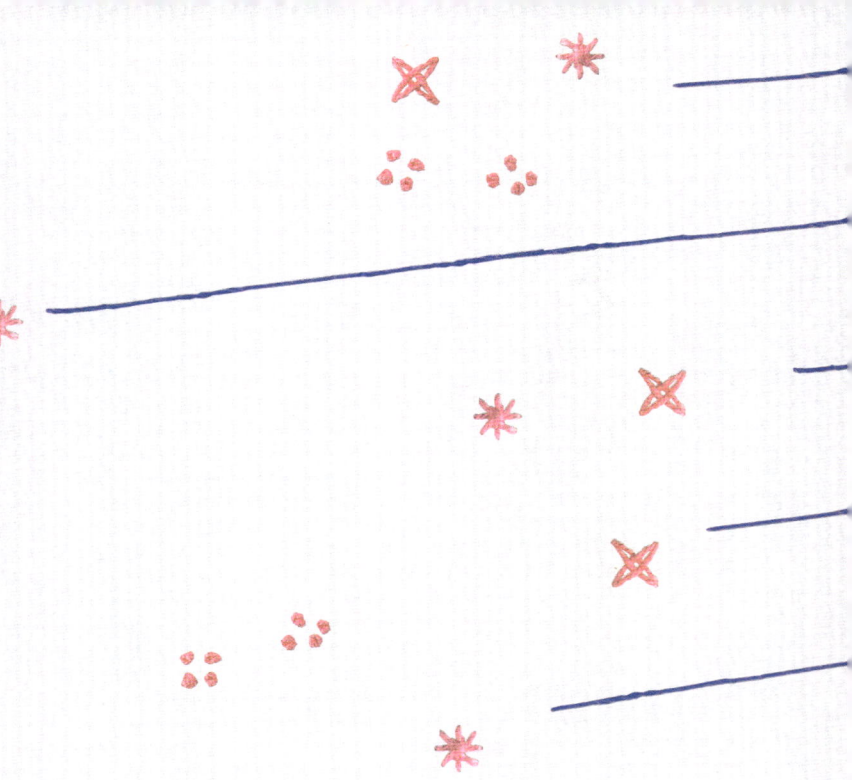

在蛋糕上，奶油小姐永远钟情于巧克力先生；在重庆火锅里，毛肚爷爷永远离不开红油奶奶；在夜空中，星星永远爱慕月亮；在这个有晚风的夜，我想我会在这一瞬间永恒地爱你。

消耗体力也好，

花费金钱也罢，

我都要找回我的"没有理由就是开心"。

——山本文绪

开心是最重要的事情了！受了委屈也好，搞砸工作也好，什么都不能阻止你心里的大太阳升起。如果总是想着那一天的委屈，就代表你从那天起，每天都在受委屈，真是太亏本了！

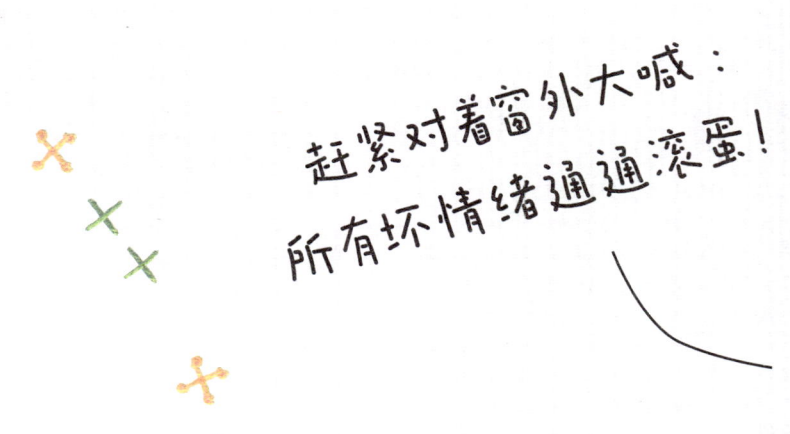

赶紧对着窗外大喊：
所有坏情绪通通滚蛋！

我不知道什么是自由。

自由也许是，

我不想拥有海，
我想变成海。

——库索

我们赤条条地来到这个世界，就注定也将手中空无一物地离开。如果说唯一有一样能带走的，那应该就是这双看过人间的眼睛。为了给它镀上自由的颜色，我选择让它看过北冰洋壮阔的海浪，与寂静的多洛米蒂山脉。

即使知道世界明天就会毁灭,
我今天也要种下一棵小苹果树。
——马丁·路德

小猫是不会试图改变他人的。不论对方是个机灵鬼还是蠢瓜，小猫只会一副"已阅"的态度，再事不关己地走开。同样，小猫也不会理睬这个世界将变成什么样，更好或更坏。它只享受当下，过好今天的小日子，再用一个快乐的猫罐头迎接月亮。

值得让太阳从大海升起，
让漫长的一天开始吗？
明天又将是一个透明而温暖的清晨，
又将像昨天一样什么也不会发生。
——切萨雷·帕韦泽

没有消息就是最好的消息。我享受无事发生的一天，结束工作回到家中，有暖橘色的小台灯，有新下载好的电影，有热腾腾的奶油咖喱鸡面。最重要的是有我的猫咪趴在怀里，发出"呼噜呼噜"的可爱小动静。我摸着它柔软的肚皮——那是世界上最小的天堂。

我不再装模作样地拥有很多朋友，

而是回到了孤单之中，

以真正的我开始了独自的生活。

——余华

每个人心中都有一团火，

路过的人只看到烟。

——凡·高

一个人的孤独不是孤独，

一个人找另一个人，一句话找另一句话，

才是真正的孤独。

——刘震云

人类的悲欢并不相通，

我只觉得他们吵闹。

——鲁迅

房子实际上并没有这么大，

使它显得大的是阴影、

对称、镜子、漫长的岁月、

我的不熟悉、孤寂。

——博尔赫斯

因为我也和你一样孤独，
和你一样不能爱生活，
不能爱人，不能爱我自己。
我不能严肃认真地对待生活，
对待别人和自己。
世上总有几个这样的人，
他们对生活要求很高，
对自己的愚蠢和粗野又不甘心。
——赫尔曼·黑塞

孤独是一座花园，
但其中只有一棵树。
世界让我遍体鳞伤，
但伤口长出的却是翅膀。
——阿多尼斯

人能常清静，
天地皆悉归。
——《太上老君说常清静经》

我们穿着盔甲行走在人世间，
总能感到我们所爱的人，
近在咫尺却又无法触及。
——珍妮特·温特森

✯

人一旦不害怕失去，
态度就会变得随你意、你随意，
有时候失去比拥有更踏实。
——余秀华

✯

我的灵魂是日落时分
空无一人的旋转木马。
——巴勃罗·聂鲁达

✯

没有时间磨不掉的记忆，
没有死亡治不愈的伤痛。
——塞万提斯

✯

琐碎而无聊的日子一天天积累下来成为四季，
四季积累下来就是人生。
——金爱烂

不是每个人都能功成名就，
我们中有些人，
注定要在日常生活的点滴中，
寻找生命的意义。
——《生活大爆炸》

一个人想睡就睡，
想吃就吃，多自在，
穿着睡衣随处走，
碰到趣事才出门，
看谁不顺眼就别看。
——岛田庄司

日上三竿我独眠，
谁是神仙，
我是神仙。
——张养浩

我相信那些硕大的星星会为我的心愿开路，
大约在太阳与南方之间，
北方和夜之间。
——索德格朗

几本书，
一点愁，
外加大量的音乐，
就是我无所事事的日常。
我半眯着眼，
看时光一天天流逝。
——罗曼·莫内里

在我内心，
时间静止，
像甜蜜的红玫瑰。
今天星期五，
明天星期六，
终点在望——
我不在意。
——纳齐姆·希克梅特

当你睁开眼睛看到太阳，
你就不会再考虑任何事情，
因为太阳的光，
比所有哲学家和诗人的思想更有价值。
——费尔南多·佩索阿

猫是唯一能最终把人类驯服的动物。
——马塞尔·莫斯